Tucholsky Wagner Zola Scott Sydow Freud Schlegel
Turgenev Wallace Fonatne
Twain Walther von der Vogelweide Fouqué Friedrich II. von Preußen
Weber Freiligrath
Kant Ernst Frey
Fechner Weiße Rose von Fallersleben Richthofen Frommel
Fichte Hölderlin
Engels Fielding Eichendorff Tacitus Dumas
Fehrs Faber Flaubert
Maximilian I. von Habsburg Fock Eliasberg Zweig Ebner Eschenbach
Feuerbach Ewald Eliot Vergil
Goethe Elisabeth von Österreich London
Mendelssohn Balzac Shakespeare Dostojewski Ganghofer
Trackl Lichtenberg Rathenau Doyle Gjellerup
Stevenson Tolstoi Hambruch
Mommsen Thoma Lenz Hanrieder Droste-Hülshoff
Dach Verne von Arnim Hägele Hauff Humboldt
Karrillon Reuter Rousseau Hagen Hauptmann Gautier
Garschin Defoe Baudelaire
Damaschke Descartes Hebbel
Wolfram von Eschenbach Dickens Schopenhauer Hegel Kussmaul Herder
Bronner Darwin Melville Grimm Jerome Rilke George
Campe Horváth Aristoteles Bebel Proust
Bismarck Vigny Barlach Voltaire Federer Herodot
Gengenbach Heine
Storm Casanova Tersteegen Gilm Grillparzer Georgy
Chamberlain Lessing Langbein Gryphius
Brentano Lafontaine
Strachwitz Claudius Schiller Kralik Iffland Sokrates
Katharina II. von Rußland Bellamy Schilling
Gerstäcker Raabe Gibbon Tschechow
Löns Hesse Hoffmann Gogol Wilde Gleim Vulpius
Luther Heym Hofmannsthal Klee Hölty Morgenstern Goedicke
Roth Heyse Klopstock Kleist
Luxemburg Puschkin Homer Mörike Musil
Machiavelli La Roche Horaz
Navarra Aurel Musset Kierkegaard Kraft Kraus
Lamprecht Kind Kirchhoff Hugo Moltke
Nestroy Marie de France Laotse Ipsen Liebknecht
Nietzsche Nansen Ringelnatz
von Ossietzky Marx Lassalle Gorki Klett Leibniz
May vom Stein Lawrence Irving
Petalozzi Knigge
Platon Pückler Kafka
Sachs Poe Michelangelo Kock
Liebermann Korolenko
de Sade Praetorius Mistral Zetkin

Der Verlag tredition aus Hamburg veröffentlicht in der Reihe **TREDITION CLASSICS** Werke aus mehr als zwei Jahrtausenden. Diese waren zu einem Großteil vergriffen oder nur noch antiquarisch erhältlich.

Symbolfigur für **TREDITION CLASSICS** ist Johannes Gutenberg (1400 — 1468), der Erfinder des Buchdrucks mit Metalllettern und der Druckerpresse.

Mit der Buchreihe **TREDITION CLASSICS** verfolgt tredition das Ziel, tausende Klassiker der Weltliteratur verschiedener Sprachen wieder als gedruckte Bücher aufzulegen – und das weltweit!

Die Buchreihe dient zur Bewahrung der Literatur und Förderung der Kultur. Sie trägt so dazu bei, dass viele tausend Werke nicht in Vergessenheit geraten.

Rosa und Ninette

Alphonse Daudet

Impressum

Autor: Alphonse Daudet
Umschlagkonzept: toepferschumann, Berlin

Verlag: tredition GmbH, Hamburg
ISBN: 978-3-8495-2951-2
Printed in Germany

Rechtlicher Hinweis:
Alle Werke sind nach unserem besten Wissen gemeinfrei und unterliegen damit nicht mehr dem Urheberrecht.

Ziel der TREDITION CLASSICS ist es, tausende deutsch- und fremdsprachige Klassiker wieder in Buchform verfügbar zu machen. Die Werke wurden eingescannt und digitalisiert. Dadurch können etwaige Fehler nicht komplett ausgeschlossen werden. Unsere Kooperationspartner und wir von tredition versuchen, die Werke bestmöglich zu bearbeiten. Sollten Sie trotzdem einen Fehler finden, bitten wir diesen zu entschuldigen. Die Rechtschreibung der Originalausgabe wurde unverändert übernommen. Daher können sich hinsichtlich der Schreibweise Widersprüche zu der heutigen Rechtschreibung ergeben.

Text der Originalausgabe

Alphonse Daudet

Rosa und Ninette

Aus:
»In Freien Stunden«
Eine Wochenschrift
Romane und Erzählungen für das arbeitende Volk.

Elfter Jahrgang. 2. Halbjahresband.

Berlin 1907.

Verlag:
Buchhandlung Vorwärts, Berlin SW.

(Ernst Preczang, Zingst.)

Verantwortlicher Redakteur:
E. Preczang, Zingst.

Verlag:
Buchhandlung Vorwärts, Berlin.

Druck:
Vorwärts Buchdruckerei und Verlagsanstalt

Erstes Kapitel.

Seit vierzehn Tagen geschieden und noch ganz im Freudenrausch über das Ende seiner Qual, spähte Regis von Fagan am heutigen Morgen durch die weit geöffneten Fenster seiner neuen Junggesellenwohnung nach dem Erscheinen seiner Töchter, deren Besuch ihm das Gericht an zwei Sonntagen im Monat zugesprochen hatte. Heute war ihr erster Sonntag, und unter dem Haufen von Frauenbriefen, die es seit einigen zwanzig Jahren auf den Tisch des beliebten Lustspieldichters geregnet, hatten ihm wenige das Herz so bewegt, wie dieses einfache, gestern angelangte Bilett:

»Mein lieber Vater!

»Wir werden morgen früh mit dem Zehnuhr-Zuge in Passy sein. Fräulein wird uns bis 37 Boulevard Beauséjour begleiten und uns abends ganz pünktlich neun Uhr wieder abholen.

Deine
Dich sehr liebende und verehrende Tochter
Rosa von Fagan.«

Darunter hatte in einer großen, noch etwas ungelenken Handschrift die jüngere Schwester ihren Namen »Ninette« geschrieben.

Und jetzt in der Unruhe der Erwartung fragte er sich, ob sie auch wirklich kommen, ob die arglistige, betrügerische Mutter oder jenes undurchdringliche Fräulein nicht im letzten Augenblick einen Vorwand erfinden würden, um sie zurückzuhalten. Nicht daß er an der Liebe seiner Kinder gezweifelt hätte! Aber sie waren so jung – Rosa kaum sechzehn, Nina noch nicht zwölf Jahre alt – so schwach alle beide, sich feindlichen Einflüssen zu widersetzen, und zwar um so mehr, als sie, seit der Scheidung der Eltern aus dem Kloster zurückgekommen, der Mutter und der Gouvernante gänzlich überlassen waren. Sein Rechtsanwalt hatte sehr richtig zu ihm gesagt: »Die Partie steht nicht gleich, mein lieber Regis. Sie werden nur zwei Tage im Monat haben, um sich Liebe zu erwerben!« Gleichviel, mit seinen Zwei Tagen, wenn er sie gut anwandte, fühlte sich der Vater stark genug, um sich das Herz seiner Lieblinge zu bewahren. Aber diese zwei Tage mußte er auch voll und ganz, ohne Abzug haben. Und um so unruhiger, je mehr die Zeit vorrückte, erregter durch dieses, Stelldichein als durch irgend ein anderes, ob persönlicher oder geschäftlicher Natur, in seinem Leben, bewegte sich Fagan zornig hin und her, beugte seinen langen Oberkörper zu den Fenstern hinaus und schaute bald rechts, bald links den grünen, friedlichen Boulevard entlang, den auf einer Seite die durch ein Gitter und eine Hecke verdeckte Eisenbahn, auf der anderen eine elegante Häuserreihe mit Vorplätzen und Blumentöpfen und gepflegten Rasenplätzen begrenzten,

»Guten Tag, Vater ... wir sind es!«

»Ihr! Aber von wo denn ... wie denn?«

In seiner fieberhaften Aufmerksamkeit auf die Uhr, die Züge, die Spaziergänger des Boulevard, hatte er sie nicht kommen sehen; und so hatten sie das kleine Vorzimmer durchschritten und standen jetzt vor ihm, gewachsen, schien es ihm, frauenhafter geworden seit den zwei oder drei Monaten, daß er sie nicht gesehen hatte. Seine Hände zitterten, als er ihnen ihre anschließenden Jacketts und ihre mit Federn garnierten Hüte ablegen half. Auch die Kleinen machte die neue Situation ein wenig verlegen. Gewiß, ihr Vater war immer ihr Vater, der heitere, liebenswürdige Papa, der mit ihnen so hübsch gespielt, sie als kleine Mädchen auf seinen Knien hatte tanzen lassen; aber er war nicht mehr der Mann ihrer Mutter, und das war eine Veränderung, die sie nicht würden haben ausdrücken können, die sie aber fühlten und die sich in dem naiven Erstaunen ihrer Augen kundgab.

Diese Befangenheit verschwand jedoch allmählich während der Besichtigung der den Mädchen noch unbekannten Wohnung, in welche die helle Maisonne hereinschien und deren Zimmer teils auf den Boulevard, teils auf das Hausgärtchen hinausgingen, das durch benachbartes Laubwerk vergrößert wurde. Fast alle Möbel waren neu. Nur in dem Arbeitszimmer fanden die Kinder die Bibliothek und den großen Schreibtisch wieder, an dem die väterliche Vorsicht die Ecken hatte abrunden lassen, welche den kleinen Köpfen beim Versteckspiel gefährlich werden konnten. Wie viel Erinnerungen in jedem Winkel dieses massiven Möbels, in jedem Messingbeschlag seiner Schiebladen!

»Erinnerst Du Dich, Ninette, an jenes Mal, als Mama« ... Aber die Kleine, gewitzter und lebhafter als die Aeltere, schneidet dieser durch einen Blick das Wort ab. Denn bevor sie die Mädchen zu ihrem Vater schickte, hatte die ehemalige Frau von Fagan, die sich jetzt nach ihrem Familiennamen Frau Ravaut nannte, ihnen streng anbefohlen, nicht von ihr zu sprechen, auch keine Auskunft über ihre gegenwärtige Existenz oder ihre Pläne für die Zukunft zu geben, im Fall man undelikaterweise danach fragen sollte; und da sie wußte, daß die große Rosa zerstreut und vergeßlich war, so hatte sie ihre Einschärfungen besonders an Ninette gerichtet, deren Frätzchen sehr belustigend war durch einen Zug von Festigkeit und Verschlossenheit in den Mundwinkeln, und die scharfe, und neugierige Beobachtung in den Mausaugen. Aber war es möglich, daß Frau Ravaut in so kurzer Zeit den stolzen, würdigen Charakter dessen, der beinahe zwanzig Jahre ihr Gatte gewesen, so weit vergessen hatte, um zu glauben, daß er die Mutter durch ihre Kinder ausspionieren würde? Regis von Fagan setzte seine ganze Willenskraft daran, zu vergessen. Er vermeidet sogar, den Namen seiner ehemaligen Gattin auszusprechen; und die Kleinen befleißigen sich derselben zarten Zurückhaltung, was den munteren Gang durch die Gemächer durch Kälte, Schweigen und Kunstpausen, wie man auf dem Theater sagt, unterbricht.

So konnten Rosa und Ninette zum Beispiel in dem Schlafzimmer vor dem kleinen eisernen Bett, einem wahren Studentenlager ohne Vorhänge und Draperie, einen Ausruf des Erstaunens nicht unterdrücken, und in den Augen der beiden kleinen Mädchen malte sich derselbe Gedanke, dieselbe Erinnerung an den Weihnachts- und Neujahrsmorgen, wenn sie in ihren langen, die Schritte hemmenden Nachthemden, mit nächtlich zerzaustem Haar in das große Bett des Papas und der Mama schlüpften, um Küsse und Geschenke auszutauschen. Die Augen Rosas und Ninettens sagen sich noch manches andere, als sie zu Kopfende der väterlichen Lagerstätte Porträts bemerkten, die aus dem gemeinschaftlichen Schlafzimmer in der Straße Lafitte verschwunden waren und die der Vater mit sich genommen hatte. Zunächst das große Aquarell von Besnard, auf welchem sich die beiden im Alter von sechs und zehn Jahren, vergraben in die weißen Musselinhüte und hohen englischen Aermel ihres Kostüms à la Greenaway, einander an der Hand hielten, ferner die

Großmutter Fagan, – ein Pastell unter Glas in einem ovalen Rahmen –, die sie nicht gekannt haben und die ihnen ihre Mutter stets als eine sehr ... o sehr strenge Frau geschildert hat.

Was für Gedanken durchziehen diese jungen Köpfe! Welche Verwirrung in ihren Ideen in Betreff der Personen sowie der Sachen, die einst vereinigt gewesen und setzt wie am Tage nach einer Feuersbrunst oder einem Schiffbruch zerstreut sind! Und wie alles dieses kompliziert ist und sie verwirrt in ihrem Mangel an Urteil, welches die frühe Jugend kennzeichnet! Glücklicherweise betritt man den Speisesaal, durch dessen offene Fenster die Sonne und die Wohlgerüche des Gartens hereinströmen. Der Tisch ist kokett und reizend gedeckt, und an dem Platz der Mädchen befindet sich ein Sträußchen, eine Aufmerksamkeit von Frau Hulin.

»Frau Hulin?« fragte Ninette, deren kleine, runde Augen sofort neugierig aufleuchteten.

»Meine Wirtin; sie bewohnt das Erdgeschoß und vermietet das erste Stockwerk, um sich in ihrem Hause weniger einsam zu fühlen, denn sie ist Witwe und lebt mit ihrem kleinen Sohn und einer alten Kammerfrau.«

»Eine Liebelei für Papa,« sagte Rosa unüberlegt, indem sie ihre Frisur vor einem Handspiegel ordnete.

Fagan sah sie traurig an. Es war eines jener einfältigen Worte, wie die Mutter sie zu gebrauchen pflegte. Indessen ähnelte von den beiden Mädchen Rosa physisch am wenigsten Frau Ravaut; mit ihrem langen, etwas gebeugten Oberkörper, ihrem braunen Kreolenteint, dem ernsten und sentimentalen Ausdruck ihrer Züge stellte sie den Typus ihres Vaters dar.

»Mein Herz ist nicht auf Liebelei gerichtet, mein liebes Kind,« sagte er mit sanftem Vorwurf, »und ich glaube, daß die arme Frau Hulin ebenso wenig wie ich daran denkt. Aber sie ist eine sehr zärtliche Mama, und da sie wußte, daß meine Töchter heute morgen kommen würden, so hat sie diese Blumen für sie gepflückt.«

Der Diener trug den ersten Gang auf: Rühreier mit Morcheln, eine Leidenschaft Ninettens, die den Mann mit dem Freudenruf begrüßte:

»Ach, da ist Anthyme ... guten Tag, Anthyme«.

Er hatte bei den Fagans schon seit einigen Jahren gedient, und rot und verwirrt durch die veränderte Lage, stotterte er:

»Guten Tag, meine Fräulein.«

Er war ein ganz ungehobelter Bauernbursche mit tief in die Stirn gekämmten Haaren, so daß es schien, als ob man ihm den Kopf und das, was darin war, platt gedrückt hätte.

Seine unvergleichliche Dummheit brachte Madame außer sich, und Regis hatte ihn bei der Trennung behalten, vielleicht um dieser Antipathie willen, vielleicht auch, weil Anthyme Beziehungen zur Küche in der Straße Lafitte unterhielt, so daß man jeden Tag Neues von dort erfahren konnte.

Dieses bekannte bäuerische Gesicht machte den beiden Mädchen das Frühstück traulicher und gemütlicher. Und wie entzückend dieses Frühstück war, von dem jedes Gericht von Fagan und seinem Diener ausgewählt und einer langen Beratung unterzogen worden, ob Fräulein Rosa Zucker in den Schotenerbsen liebte, oder Nina Schokoladencreme der Vanillencrême vorzöge.

Trunken von der Leckerheit des reizenden Mahles und ihren neuen Frühlingstoiletten gerieten die jungen Mädchen in Ekstase und vergaßen in munteren Geplauder die mütterlichen Verhaltungsmaßregeln, besonders die große Rosa, welcher Ninette wiederholt verstohlene Winke gab. Fagan erfuhr auf diese Weise und ohne es zu wollen, daß der »Kousin« sie am letzten Freitag in die komische Oper geführt hatte. Die Erwähnung, dieses Kousins war vor allen Dingen untersagt; aber Rosa konnte sich nicht halten. Um den unfreiwilligen Indiskretionen, die ihnen bei der Heimkehr am Abend Vorwürfe zugezogen haben würden, ein Ziel zu setzen, bemühte sich der Vater, mit ihnen von gleichgültigen Dingen, von ihrem Kloster, das man fast von hier aus sehen konnte, und dessen schönen Gärten, wo sie viele Jahre glücklich gelebt hatten, zu reden. Ob sie es nicht ein wenig vermißten und gerne dorthin zurückkehren möchten?

»Ach nein,« erwiderten sie beide wie aus einem Munde.

»Und warum, meine Lieben? Früher kehrtet Ihr so gerne dahin zurück.«

Sie zögerten, ihm den Grund zu sagen, den er sehr wohl erriet, nämlich daß seit der Scheidung ihrer Eltern das Haus für sie ein anderes geworden war. Man hatte sie ins Kloster getan, um ihnen das Traurige des ewigen Gezänkes zu ersparen, in dem beide Teile kein Maß kannten und zuweilen die Kinder selbst sich einzumischen genötigt wurden: »Ihr hört, meine Kinder, wie Euer Vater mit mir spricht!« – »Madame, Sie vergessen sich vor ihren Töchtern!« Aber nachdem der Vater das Haus verlassen hatte und die Scheidung erfolgt war, hatte die Mutter, von einer mit ihrer harten und launenhaften Natur wenig zu vereinbarenden Zärtlichkeit erfaßt, sie eilig wieder zu sich gerufen. Sie schien ihre Töchter erobern zu wollen. Das Fräulein milderte ebenfalls die Schärfe und Strenge ihre Rolle als Dienerin und Erzieherin.

Diese Umwandlung machte sich selbst in der Toilette der Kinder den Augen angenehm sichtbar. Bis dahin hatte die Mutter sich nur mit ihrer eigenen Toilette beschäftigt, auf die sie alle Zeit und alles Geld verwendete. Sobald aber Fagan die beiden reizenden Modekupfer in sein Zimmer treten sah, anstatt der beiden kleinen Novizen mit fest ungekämmtem Haar und den streng vorgeschriebenen Uniformen, welche ihm das Kloster Assomption an den Samstagabenden nach Hause schickte, da verstand er, daß die Mutter, die sich vorher so wenig als Mutter benommen, diese jetzt mit aller Macht herauskehrte und ihren Töchtern schmeichelte und sie verzog, nicht aus blinder Zärtlichkeit, sondern aus niedriger Eifersucht und um ihren ehemaligen Gatten zu reizen und zu quälen. Er sah eine Fülle von Kummer voraus, einen Krieg mit Nadelstichen; aber sollte er sich schon jetzt deshalb beunruhigen? Hatte er nicht seine Töchter bis zum Abend bei sich, an seinem Herzen? Nach dem Frühstück wollte er sie in eine Vormittagsvorstellung des Theater Français führen, wo man eins von seinen Stücken spielte, das sie noch nicht gesehen hatten. Und welch eine Freude, welch ein Stolz, in einer schönen Prosceniumsloge die ersten Schauspieler von Paris vor vollem Hause ein Stück, dessen Verfasser ihr Vater ist, aufführen zu sehen! Frau Ravaut hätte selbst mit Beihülfe des Fräuleins eine solche Zerstreuung ihnen nicht bieten können. Nach dem Theater Spazierfahrt ins Bois und Diner in einem eleganten Restaurant, gleichfalls ein Vergnügen, welches die Mutter ihnen nicht hätte verschaffen können, wenigstens nicht ohne Begleitung des »Kousins«. O wie köstlich, bei dem Kellner die außerordentlichsten Gerichte selbst zu bestellen und an den benachbarten Tischen, mit dem echten Pariser Reiz für den Lauscher, neugierig flüstern zu hören: »Regis von Fagan und seine beiden Töchter!« Und dann bei eintretender Dunkelheit durch die duftenden, einsamen Alleen des Bois in der Frische der blassen Seen mit ihnen zurückzukehren, indem sie sich eng an ihren Vater schmiegten, Passy zu erreichen und den Boulevard Beauséjour, wo das Fräulein mit dem Wagen auf sie wartete, ah, das konnte man einen schönen Tag nennen!

Das mit allen seinen Freuden entwickelte Programm, in Verbindung mit der Lebhaftigkeit des Mahles, übergoß die Wangen dieser kleinen Pariser Blaßgesichter mit einer reizenden Flamme. Zu dem halbgeöffneten Fenster stieg der Duft von Maiglöckchen und Rosen empor, eine Amsel sang in dem Wipfel einer großen alten Ulme, und als Ninette an das Fenster trat, um in den nächsten Zweigen nach dem Sänger zu spähen, zwitscherte unten auf dem Rasen eine klare Kinderstimme:

»Komm mit mir spielen. Willst Du?«

Es war der kleine Moriz Hulin, ein reizendes Knäblein von neun bis zehn Jahren mit dem Teint einer Camelia und langen, ins rötliche spielenden Locken, welcher, am Knie verwundet, an einer kleinen Krücke hüpfte, Frau Hulin, welche neben ihrem Kinde las, erhob den Kopf und sagte mit einem gutmütigen Lächeln noch junger Lippen:

»Verzeihung und Dank.«

»Vergiß nicht, daß wir ins Français gehen, Ninette,« schrie die große Schwester, ärgerlich darüber, daß Nina so leicht eine neue Bekanntschaft anknüpfte.

Die Kleine lief davon, ohne darauf zu hören,

»Wie wäre es, wenn wir auch hinuntergingen?« fragte der Vater, »Du wirst sehen, es ist eine sehr angenehme Frau.«

Aber Rosa weigerte sich entschieden. Sie kannte die Leute nicht! – und aus dem Tone des neben ihrem Vater im Fenster lehnenden jungen Mädchens klang eine beginnende Antipathie gegen Frau Hulin heraus, wie sie auch aus dem sehr erfahrenen Blicke sprach, mit dem sie die Haltung und die Toilette der sitzenden Frau prüfte.

Die Erscheinung derselben war sehr einfach. Sie trug Halbtrauer, welche kaum belebt war durch einen Gartenhut von weißen Spitzen mit Schleifen von denselben Lila, wie die auf dem Rasen blühenden Schwertlilien.

Zweites Kapitel.

Aus der Aehnlichkeit ihrer beiderseitigen Lage hatte sich zwischen dem Schriftsteller und seiner Nachbarin eine Vertraulichkeit, eine Sympathie entwickelt, die sich der Zergliederung entzog.

Heute abend saßen sie in dem kleinen Salon des Erdgeschosses beisammen. Paris brauste in der Ferne, während die Stille des einsamen Boulevard hin und wieder durch das Bellen eines Hofhundes oder das Vorüberfliegen eines Eisenbahnzuges unterbrochen wurde, der das Haus bis in seine Grundfesten erschütterte. Plötzlich schlug die Stutzuhr, ein altes Familienstück, welches mit der Konsole und den Sesseln im Stile des Empire harmonierte, zehn Uhr, und Frau Hulin lachte leise, indem sie mit ihren weißen Zähnen den Faden ihrer Stickerei abbiß.

»Warum lachen Sie?« fragte Regis mit der beständigen Unruhe des Mannes dem weiblichen Rätsel gegenüber, welches sich plötzlich durch unwillkürlichen Spott, dieses Ueberbleibsel des eigensinnigen Kindes, auch bei der harmonischst entwickelten Frau kundgibt.

Sie heftete ihre großen, binnen, treuherzigen Augen mit ihrem perlmutterglänzenden Weiß auf ihn, deren Reinheit in dem schönen und entschlossenen Gesicht der bald Dreißigjährigen einen fesselnden Eindruck machte.

»Ich lachte,« sagte sie, »weil es zehn Uhr ist, Sie also heute wieder nicht ausgehen und weil das für Regis von Fagan ein sonderbares Leben ist.«

Fagan lächelte auch.

»Was denken Sie denn von dem Leben der Künstler? – Sie halten sie alle für ungeheuer weltlich, für Wüstlinge, Nachtschwärmer?«

Pauline Hulin zögerte ein wenig, dann sagte sie:

»Ich denke an Ihre Kulissen, hinter denen es so viel Fallen und Versuchungen gibt. Mit einem von Euch verheiratet, würde ich immer Angst haben.«

»Angst? ... wovor? Vor den Damen vom Theater? Ah bah ...«

Und der Dramatiker und erfahrene Mann, der Fagan war, begann das Hohle und Erkünstelte dieser bizarren Weiber zu zerlegen, samt der fertigen Phrase und den landläufigen Gefühlen, welche sie den Rollen, welche sie spielen, entnehmen und von denen sie sogar den Tonfall, wie sprechende Puppen, im Leben beibehalten. Ja, die Frauen vom Theater! Wenn sie zufällig eine wirkliche Leidenschaft erfaßt und ein »Ich liebe Dich«, das nicht nach dem Konservatorium schmeckt, ihnen über die Lippen kommt, so denken sie gleich: »Das habe ich schön gesagt,« und sparen es sich für das Publikum der nächsten Sittenkomödie auf. – »Aber sie sind gute Kameradinnen, haben das Herz in der Hand und schlagen ihren Freunden nichts ab. Man muß in den Gängen eines Theaters gewesen sein, wenn die Künstler unter sich sind, ohne Dichter und Direktor, und gehört haben, was sie aus ihren Garderoben einander zuschreien – es ist das wahre Jahrmarktstreiben, das Innere der Bude eines Saltimbanques. Die ganze grüne Jugend ausgenommen, welcher redliche Mann könnte hier Befriedigung seiner Herzensbedürfnisse finden?«

Frau Hulin, welche sehr aufmerksam zugehört hatte, obgleich sie anscheinend ganz bei der auf ihrem Schoße ruhenden Arbeit war, versetzte in demselben gelassenen Ton:

»Die Schauspielerinnen gebe ich Ihnen preis, obgleich Sie offenbar ein wenig übertreiben; aber wie viele andere Versuchungen gibt es für den berühmten Mann, den erfolgreichen Dichter! Die Bewunderinnen der Salons, briefliche Schmeicheleien, alles, was sich von Unbekannten an sie drängt, sie aus der Ferne liebt, ihnen schreibt.«

»O, die Sorte ist nicht sehr verführerisch und ebenso wenig gefährlich.« sagte Regis ... »erstlich! sind es stets dieselben Schreiberinnen – ein Halbdutzend hysterischer Weiber, Fremde, welche Autographen sammeln. Ich habe zwanzigmal mit meinen Freunden und Kollegen die Probe gemacht: ihre Unbekannten waren immer auch die meinigen.«

Pauline erhob den Kopf. »Es kann jedoch vorkommen, daß eine Frau, die erschüttert aus einen: schönen Schauspiel kommt oder ein schönes Buch gelesen hat, sich versucht fühlt, dem Autor dafür zu danken.«

»Dann wird sie vielleicht schreiben; aber wenn sie feinfühlend ist, den Brief nicht abschicken. Ich wette, daß Sie mir recht geben,« fügte er hinzu, indem er ihr voll ins Gesicht sah.

»O, ich bin nicht mitteilsam ...«

Ein Klagelaut des Kindes unterbrach sie und rief sie in das anstoßende Zimmer. Als sie wiederkam und sich an ihren Nähtisch setzte, sagte sie mit leiser Stimme: »Er ist heute aber aufgeregt.«

In demselben halblauten Ton, der ihr Gespräch noch vertrauter machte, nahm Regis dasselbe wieder auf. »So glaubten Sie also, daß ich ein Lebemann und Pflastertreter wäre? Da täuschen Sie sich. Das Leben, das ich gegenwärtig führe, hatte ich mir in der Ehe geträumt, und gerade meine Unfähigkeit, von meinen häuslichen Gewohnheiten zu lassen, konnte meine Frau mir nicht verzeihen. Es war ihr erster Kummer, das erste Motiv unseres schließlichen Bruches. Wer trägt die Schuld? – Ich verheirate mich mit achtundzwanzig Jahren; auf allen Theatern gespielt, übersättigt von allen Vergnügungen, die das Theater gewähren kann, gerate ich an eine Frau, die für nichts Sinn hat als für Premieren, Benefizvorstellungen und Freibilletts. – Man erzählt mir von einem Großvater Ravaut, der durch Anfertigung und Verleihung von Theaterkostümen ein Vermögen gemacht hat; möglich, daß der Atavismus des Flittergoldes, der Perücken und geblümten Westen das arme kleine Gehirn meiner Frau beeinflußt hat. Sie sehen das Mißverständnis: ein Mann, der sich verheiratet, um dem ungeregelten Leben zu entfliehen, sich einen Herd zu gründen, an dem er seinen Neigungen folgen kann, und eine Frau, die im Gegenteil nur einen recht im Vordergrund stehenden Namen, und nur die Gelegenheit gesucht hat, allen Generalproben beizuwohnen und ihren Namen auf der ersten Seite der Zeitungen zu lesen.«

»Wirklich ein grausames Mißverständnis,« sagte Frau Hulin, aber ohne überzeugt zu sein. In Ihrer Stimme wie in ihrem offenen Antlitz drückte sich ein leiser Zweifel aus.

Fagan, der Frau Hulin nur zu wohl verstand, suchte sie zu überzeugen.

»Ich, als der am meisten verliebte, gab nach; denn ich war rasend verliebt, und nicht wie sie in eine geräuschvolle Popularität und in einen armseligen Ruhm! Alle Abende, jahrelang, wurde ich in die verschiedensten Vorstellungen geschleppt; wir gehörten zu dem scheußlichen Tout-Paris, das überall zu finden, das komödiantenhafter als die eigentlichen Komödianten ist, und aus dem es kein Entrinnen gibt. In den Premieren sämtlicher Theater saßen wir unabänderlich auf denselben Plätzen; ich sah im Orchester die Schädel der Kritiker sich lichten, die Runzeln meiner Nachbarn oder Gegenüber, die auch immer dieselben waren, sich vertiefen und hörte meine Frau sagen: »Die Frau X. hat die Bänder ihres Rosahutes gewechselt, um glauben zu machen, daß er neu sei« – oder: »Sieh doch die Frau Z... wie alt sie geworden ist.« Dann im Zwischenakt ließ sie unermüdlich ihr Lorgnon herumgehen, nannte alle bekannten Namen, nahm Notiz von allen kleinen Vorfällen, jedem kleinen Skandal, der Paris einen ganzen Winter hindurch beschäftigt, seine Vergnügungen würzt und ihnen erst den rechten Schwung und Reiz verleiht. Ich habe dieses Leben lange genug geführt, um es gründlich satt zu haben und einen solchen Ekel davor zu empfinden, daß dies der wahre Grund unserer Scheidung ist.«

»Man hat jedoch von einer gewissen Geschichte gesprochen ...« sagte Frau Hulin, mit einer kleinen ungläubigen Kopfbewegung.

»Ach ja ... die Geschichte im Hotel d'Espagne, die durch alle Zeitungen ging. Gestehen Sie nur, daß Ihnen alle bösen Vorstellungen von mir daher kommen. Aber wenn ich Ihnen sage, daß die Geschichte im Einverständnis mit meiner Frau arrangiert war?«

Pauline saß in starrem Erstaunen da. Regis fuhr fort:

»Bis zum heutigen Tag sind drei Personen in die Komödie eingeweiht gewesen, die ehemalige Frau von Fagan, ich und der Rechtsanwalt von Malville. Sie kennen ihn?« fragte er auf eine Gebärde Frau Hulins, auf die eine Bejahung ohne Worte folgte; und in einem Atem erzählte er nun sein eheliches Abenteuer.

»Einander überdrüssiger als wir beide es waren, kann man nicht sein; aber das genügte nicht. »Wir müssen einen bestimmten Fall haben,« sagte zu meiner Frau ihr Freund Malville, ein enragierter Musiker, der mit ihr die letzte Partitur Wagners aus dem Piano spielte; »liefern Sie mir einen Skandal, ein Ertappen auf frischer Tat, und ich will Ihre Sache führen.« Nun hätte ich vielleicht, ohne weit zu suchen, in den Beziehungen zwischen Frau von Fagan und ihrem Cousin La Posterolle die Beweise finden können, die der Rechtsanwalt verlangte; aber zwei Gründe hielten mich davon zurück. Zunächst mein Leichtsinn, mit dem ich die Vertraulichkeit des Cousins, eines jungen Berichterstatters über die Bittschriften im Staatsrat, sich bei uns hatte einnisten lassen, denn ich selbst autorisierte ihn, infolge meines Abscheues vor allen Vergnügungen, meine Töchter ins Theater und in Gesellschaft zu begleiten. Der andere Grund, der gewichtigere, waren unsere beiden Töchter, ihre Verheiratung, ihre Zukunft, die ganze Gestaltung des Lebens. Wenn der Mann einen Fehler begeht, so verzeiht ihn die Welt, tut es die Frau, so wird die ganze Familie von der Schande getroffen. Die Kinder werden davon berührt und haben ewig daran zu tragen. Darum wollte ich lieber selbst als der Schuldige erscheinen und mich in der Ihnen bekannten Situation überraschen lassen.«

»Und Herr von Malville hat sich zu dieser Komödie hergegeben?« rief Frau Hulin unwillig aus.

»Ich sehe, verehrte Frau, daß Sie diesen in den Gerichtssaal verirrten Musiktiger sehr wenig kennen. Alles, was nicht Beethoven und Wagner ist, ist ihm völlig gleichgültig. Wir sind ihm übrigens sehr verpflichtet, denn die Angelegenheit hat ihm ebenso wie uns zu schaffen gemacht. Bald kam der bestellte Polizist nicht zur Zeit, oder meine Mitschuldige, denn eine solche brauchte ich, verfehlte das Stelldichein. Dann war wieder alles von neuem zu beginnen; und man kann sich nichts Komischeres denken als die legitimen Ehegatten, die sich an einem Ende von Paris ein Stelldichein gaben, um von neuem den Tag und die Stunde zu beraten, wo das kostbare Ertappen auf frischer Tat stattfinden sollte. Wir hatten die Allee des Observatoriums gewählt, ganz oben, wo die Kastanien mehr Frische und Schatten geben. Dort waren wir außer Gefahr, gesehen zu werden, und das war unerläßlich, denn denken Sie nur, die Lächerlichkeit zweier in der Scheidung liegenden Eheleute, die nebeneinander hergehen und sich über die Mittel zu ihrer Befreiung beraten! Ich, der ich neue Situationen suche, glaube, daß diese wirklich eine solche war. Als wir uns trennten, sagte meine Frau mit einem herzhaften Händedruck:»Also Montag, ganz gewiß, Hotel d'Espagne, und daß Ihre Prinzessin nicht ausbleibt«, und ich darauf nicht weniger fest und kordial:»Montag, meine Liebe, es bleibt dabei«. Es war in der Tat am folgenden Montag, Hotel d'Espagne, wo der Beamte mich des Morgens überraschte ...«

»Mit Amy Ferat, vom Vaudeville,« sagte Frau Hulin, sich zu einem Lächeln zwingend. »Uebergehen Sie die Details, ich weiß Bescheid.«

»Nicht vollständig. Die Zeitungen haben nicht alles mitgeteilt. Die arme Amy Ferat hatte, wohl verstanden, keine Ahnung, von dem Erwachen, das ihrer wartete, und so wenig sie zur Rosenjungfrau taugt, so tat es mir doch fast leid, sie in diese fatale Geschichte, mit der sich ganz Paris beschäftigen würde, eingemischt zu haben. Als in der Morgenfrühe plötzlich mit Faustschlägen und dem Ruf: »Oeffnet im Namen des Gesetzes!« an unsere Tür gepocht wurde, fuhr sie erschrocken in die Höhe und rief: »Mein Mann ... wir sind verloren!« – »Wie, Ihr Mann?« – »Ja, ich bin verheiratet; verzeihen Sie, daß ich es Ihnen nicht gesagt habe ... Retten Sie sich ... verbergen Sie sich ...« Bei Gott, ich war einige Minuten in der tödlichsten Ungewißheit, ob es sich um ihren oder meinen Ehebruch handelte. Glücklicherweise wurde ich bald derselben entrissen. Infolge dieses Abenteuers wurde ich verurteilt, an Frau von Fagan monatlich fünfzehnhundert Franken zu zahlen und ihr die beiden Mädchen zu überlassen, mit der Bedingung, daß diese alle vierzehn Tage einen Sonntag bei mir zubringen sollten. Es ist hart, aber ich bin gewiß, daß die Mutter in kurzem die letztere Klausel mildern und mir die Mädchen öfter schicken wird, je mehr sie heranwachsen und jedesmal, wann sie sich ihrer entledigen will.«

»Ach, die Ehescheidung! Sie ist eine unwürdige Farce,« und Frau Hulin legte ihre Arbeit aus ihren zitternden und ungeschickt gewordenen Händen.

»Ich verdanke der Scheidung jedoch mein Glück. Sie hat mich von dem abscheulichsten Geschöpf befreit.«

»O, Herr von Fagan! So sprechen Sie von einer Person, die sich keines anderen Vergehens schuldig gemacht, als Sie nicht vollkommen verstanden zu haben! Mißverständnisse, Unvereinbarkeit der Charaktere ...«

»Mehr als das, Madame, weit mehr. Ich habe Ihnen oft gesagt, wie sehr mir an Ihnen die Geradheit und Aufrichtigkeit Ihrer Worte und Blicke gefällt. Nun, was mich an jener Frau so aufbrachte, war die Lüge, die Lüge aus Geschmack daran, aus Instinkt, Chik und Eitelkeit; sie gehörte zu ihrer Kleidung, ihrer Sprache, sie war so eng mit allen ihren Handlungen verbunden, daß ich Wahres und Falsches nicht mehr zu entwirren vermochte. »Warum lachst Du so laut?« fragte ich sie eines Tages in dem Kabinett eines Restaurants, wo wir nach der Oper speisten. »Um nebenbei glauben zu machen, daß wir uns sehr amüsieren.« – Da haben Sie ihre ganze Natur. Ich entsinne mich nicht, jemals gehört zu haben, daß sie für die Person sprach, der sie sich gegenüber befand, sondern für irgendeine andere, die etwa eben ins Zimmer trat, vielleicht für den Diener, der uns servierte, oder für einen Vorübergehenden, dessen Aufmerksamkeit sie erregen wollte. Einmal sagte sie zu mir in Gegenwart von zehn Personen mit bewegter Stimme und feuchten Augen: »O, mein Regis, die borromeischen Inseln! – Unsere ersten Flitterwochen!« – Wir kannten die Inseln nicht, waren nie dort gewesen; stellen Sie sich mein Erstaunen vor ...«

Frau Hulin suchte sie abermals zu entschuldigen. »Im ganzen eine sehr harmlose Schwäche.«

»Ja,« nahm Fagan wieder das Wort, »aber eine sehr ermüdende, sehr irritierende. Seine Lebensgefährtin zu fragen: »Wo kommst Du her, was hast Du gemacht?« und zu wissen, daß keine ihrer Antworten wahr ist. Daß wir durch die tausend Zufälligkeiten von Paris erfahren werden, daß sie gelogen hat und zwar ohne Grund und mit einem Eigensinn, einer Hartnäckigkeit, an welcher alle Bitten und Beweise scheitern. O, ihre kleine, scharfe Stimme: »Aber ich versichere Dich, aber bestimmt ... Du täuschest Dich oder mich« ... Das Traurige ist, daß die Lüge mit dem Alter und der zunehmenden Selbstgewißheit der Frau giftig und für mich und andere gefährlich wurde. Ueber ihre Feinde in der Gesellschaft erfand sie alles Mögliche, das Verrückteste und Abscheulichste, an das sie zuletzt selbst glaubte. Und alles das mit einer gesetzten, verständigen Miene, wobei nichts ihr Nervenleiden verriet, wenn nicht eine kleine, sich automatisch wiederholende Gebärde, ein Band, eine Falte ihres Kleides, an der sie zupft und zerrt und die sie stundenlang mit ihren Fingern zerknüllt. Die Gesellschaft leiht, ohne darüber nachzudenken, allen Infamien, die man ihr zuträgt, ihr Ohr. Das Böse, was hier eine teuflische Kreatur, wie sie, ungestraft tun kann, ist unberechenbar. Wie oft habe ich mich in Gesellschaft bei Tafel über die Blumenkörbe und Girlanden von Orchideen gebeugt, um meine Frau zu beobachten und zu überwachen! – »Was sagt sie ... was erfindet sie da wieder ... was für ein Gift gießt dieses kleine, wohlfrisierte und geschmückte Ungeheuer ihrem Nachbarn ein?« Es dauerte nicht lange, und ich selbst wurde ihr Opfer. Bald machte in den Salons die Geschichte einer Schwedin die Runde, eines verderbten Geschöpfes von sechzehn bis siebzehn Jahren, das mich bis zum Verbrechen toll gemacht und mich mit Ekel und Haß gegen meine Kinder und meine Frau erfüllt haben sollte. »Wenn ich in diesen Tagen sterben sollte,« sagte die vortreffliche Person, die meinen Namen trug, zu ihren Freundinnen, »dann wißt ihr, wer mich getötet hat.«

Pauline Hulin schrie empört auf: »O, das ist abscheulich.«

»Ja, abscheulich. Sie können sich vorstellen wie meine Freunde mir begegneten, – die indirekten Ratschläge, die mitleidigen oder unwilligen Blicke, die sie auf uns, auf mich richteten. Sollte ich mich verteidigen? Ich versuchte es nicht einmal. Wen hätte ich überzeugt, daß ich keine Schwedin, verderbt oder nicht, kannte und daß dieses ganze eheliche Drama das Werk einer hysterischen Einbildungskraft sei? Ich schwieg daher und fuhr fort, bei den Premieren und in der Gesellschaft meine Maske als blutdürstiger Blaubart zu tragen, während das sanfte Opfer an meiner Seite seufzte und die Augen wie eine Sterbende drehte. Ihre Freundinnen hielten sie für so unglücklich, daß sie ihr alle zur Scheidung rieten, trotz des Widerwillens der guten Pariser Gesellschaft gegen eine solche. »Nein, nein, ich harre bis ans Ende aus, bis zum Tode, um meiner Töchter willen!« In Wirklichkeit fehlte ihr wie mir ein großer Schmerz, und ohne den Rat Malvilles ...«

Ein Kinderschrei, der stärker als der vorhergehende war, unterbrach abermals ihre Unterhaltung. Frau Hulin ging rasch hinaus, kehrte jedoch bald wieder, war aber bleich und in ihren schönen Augen malte sich noch ein Rest von Schrecken.

»Was fehlt ihm?« fragte Fagan.

»Nichts, so gut wie nichts, ein gewöhnliches Alpdrücken, von dem er plötzlich mit diesem Angstschrei erwachte.«

»Ihr armer kleiner Moriz, der so nervös und schwach ist.«

Sie fing an, von ihm zu sprechen, von seiner Gesundheit, von seiner Verletzung am Knie.

»Hat er sie seit der Geburt?« fragte Fagan, sehr ergriffen von der mütterlichen Besorgnis, die von allen die tiefste und erschütterndste ist.

»Nein, ein Unglücksfall, als er noch ganz klein war,« und versunken in die grausame Erinnerung, schwieg sie.

Drittes Kapitel.

»Nein, meine Lieben ... nein, meine Herzenskinder, was Ihr verlangt, ist unmöglich. Beharrt nicht darauf, Ihr würdet mir zu viel Kummer machen.«

Darauf beharren! Sie hüteten sich wohl. Bei der Weigerung des Vaters hatten Rosa ein Buch, Ninette ein Modejournal ergriffen und sich mit Gesichtern, deren kindlich offener Ausdruck plötzlich wie zugeknöpft und verhärtet erschien, schweigend darein vertieft; jedoch zeigte hin und wieder ein spähender Seitenblick oder ein Blinzeln, daß ihre Aufmerksamkeit nur eine geteilte war. Es waren nicht mehr zwei Kinder, die Fagan vor sich hatte, sondern zwei Frauen mit dem heimlichen Eigensinn des Weibes, der den Mann zur Verzweiflung bringt. Und er beunruhigte sich, der arme Vater, und versuchte, diesen vermaledeiten kleinen Köpfen die ernsten Gründe seiner Weigerung, die monatliche Unterstützungssumme ihrer Mutter zu erhöhen, in eindringlicher Weise klar zu machen.

Laßt doch sehen! Hatte er in den sieben Monaten, daß er und ihre Mutter getrennt waren, wohl ein einziges Mal verfehlt, ihr zweitausend Franken statt der fünfzehnhundert, die er zu zahlen verpflichtet war, zu senden? Und die genügten nicht; man wagte es, mehr von ihm zu verlangen, während doch sein ganzes Vermögen in den Tantiemen seiner Stücke bestand. Er hatte sich dieses Jahr nicht zu beklagen, seine Stücke erfreuten sich noch immer großer Zugkraft, aber dieses Einkommen konnte sich bei den Launen des Publikums plötzlich vermindern. Auch mußte er an Rosas Mitgift denken.

»Und endlich, Kinderchen, finde ich, daß Ihr für einen Sonntag, an dem Ihr Euren Vater besuchen dürft, für einen meiner armen Sonntage, einen recht häßlichen Auftrag übernommen habt. Hätte man mir nicht das Fräulein schicken, oder noch besser einen Brief schreiben können, auf den ich gewußt haben würde zu antworten?«

Dieser direkte Angriff, das Hereinziehen ihrer Mutter in den Streit, brach das trotzige Schweigen der jungen Mädchen.

»Aber, Vater,« sagte Ninette, ohne die Augen von ihrem Buche zu erheben, »wir haben keinen Auftrag bekommen ... und die kleine Summe, um die wir Dich baten, war für uns allein ...«

»Für unsere Toiletten,« fügte Fräulein Rosa hinter den großen Modebildern, die sie rings um sich aufgestellt hatte, unsicher hinzu. Fagan schrie laut auf. – Ihre Toiletten! Aber der Zuschuß jedes Monats war doch gerade für ihre Toiletten und nicht für die von Frau Ravaut bestimmt, und junge Mädchen ihres Alters und ihrer Kreise sollten sich damit begnügen. Er ließ sich auf die einzelnen Ausgaben für Kleider, Wäsche, Schuhwerk ein, und erneuerte so, ohne es zu wollen, eine der langweiligen häuslichen Szenen von ehemals, nur daß er es jetzt mit zwei Frauen statt mit einer zu tun hatte. Die Antworten blieben nicht aus; die der Jüngsten waren fein und treffend, die der Aelteren noch betrübender in ihrer Sanftmut und Naivität. Erwähnte sie doch sogar plötzlich einer Hochzeit in ihren Kreisen, die sie ohne Zweifel nötigen würde –

»Was für eine Hochzeit?« fragte Fagan, sich lebhaft aufrichtend.

So schnell auch der Blick gewesen war, den Ninette ihrer großen, unbesonnenen Schwester zugeworfen, er hatte ihn doch aufgefangen, und bis zu den Lippen, bis in die Augen hinein erbleichend, sagte er mit harter, schneidender Stimme: »Ich verstehe! ... ja, ja, vollkommen ... Frau Ravaut verheiratet sich wieder ... das ist ihr Recht ... und mit wem? Darf man das wissen? Mit dem Cousin, nicht wahr?«

Die errötenden Wangen der Mädchen, ihre verlegenen, unsicheren Gebärden sagten ihm mehr als Worte und verdoppelten seinen Zorn. Nicht daß er auf seine ehemalige Frau eifersüchtig gewesen wäre; aber er war es auf seine Töchter. Hatte er schon früher, durch ihre Vertraulichkeit mit diesem La Posterolle gelitten, der sie durch Geschenke und Schmeicheleien zu erobern gewußt und sich die Gunst der kleinen, koketten, naschhaften Papageien erworben hatte, wie würde es erst sein, wenn er mit ihnen unter einem Dache wohnte, das Ansehen und die Vorrechte eines Stiefvaters genoß und, nach dem gewöhnlichen Lauf der Dinge, durch seinen dauernden Einfluß und seine beständige Gegenwart bald mehr als er selbst ihr Vater sein würde? Dieser Gedanke machte ihn rasend, besonders wenn er sich sagte, daß man ihm vielleicht seine Kinder von Paris entführen würde.

»Ja, das fehlte noch, das fehlte noch!« Er stotterte vor Wut, warf seine langen Arme in die Luft und ballte drohend die Fäuste.

Aber die Zornausbrüche Fagans, der ein Kreole von der Insel Bourbon war, pflegten wie die Zyklone ebenso heftig als kurz zu sein.

Nachdem er einige Stühle fortgeschleudert, zwei oder drei Türen, durch die er gleich wieder zurückkam, zugeworfen hatte, beruhigte er sich, streckte sich in seinen großen amerikanischen Lehnstuhl aus und bat Rosa, wie alle Sonntage, das Piano zu öffnen, welches eigens für sie angeschafft worden war.

Unglücklicherweise hatte Rosa Migräne ... ach, eine so böse Migräne ...

»Na, Röschen ... eine ganze Kleinigkeit ... einige Takte von Chopin oder Mendelssohn ...«

»Es tut mir leid, Vater ... unmöglich ...«

Und dem matten, unversöhnlichen Ton gegenüber beharrte der Vater nicht weiter auf seinem Verlangen. Mit der Migräne ist nicht zu streiten. Er wandte sich darauf an Ninette:

»Gehst Du nicht hinunter, mit Moriz spielen?«

»Nein, heute nicht; ich bin zu müde.«

Weder die zärtlichen Vorwürfe des Vaters, noch die zum Fenster emporgeworfenen bittenden Blicke des kleinen Kranken, der, unbeschäftigt und dem Weinen nahe, im Garten an seiner Krücke sich hinschleppte, änderten den Entschluß des Mädchens, welches, sein Buch mit beiden Händen haltend, mit trotziger Stirn und das eigensinnige Kinn auf den Matrosenkragen gesenkt, dasaß.

Den ganzen Tag begegnete Fagan einer bösen Laune, welche nicht einmal die seiner Töchter, sondern das Werk der Abwesenden, Unsichtbaren und darum um so Stärkeren war. Wahrlich, es hatte die Mühe der Scheidung gelohnt, wenn er dieselben häuslichen Szenen mit ihrem nachfolgenden Schmollen, dessen tollmachende Hartnäckigkeit er so gut kannte, auch ferner erdulden sollte!

An diesem langen traurigen Nachmittag schrieb er an Frau Ravaut mehrere Briefe, die er alle wieder zerriß, weil sie nach seiner Ansicht entweder zu bitter oder zu gemäßigt waren.

Als die Kinder endlich, nach einem sehr kühlen Kuß, ihn verließen, um mit dem vor der Tür wartenden Fräulein nach Hause zu gehen, übergab er Rosa zwei Zeilen an die Mutter, in denen er diese um eine Begegnung am folgenden Vormittag ersuchte.

In derselben Allee des Observatoriums, wo sie vor einigen Monaten ihre Scheidung geplant hatten, erwartete Fagan, nicht ohne eine gewisse Neugierde, seine ehemalige Gattin. Während seiner einsamen Abende hatte er häufig sie sich zu vergegenwärtigen gesucht; aber da er kein Porträt mehr von ihr besaß, so verwirrte seine Erinnerung oft die Züge ihres Gesichts und vergrößerte die einen auf Kosten der anderen. Ihr Bild lebte nicht mehr in ihm.

Als er sie in der Ferne kommen und mit ihrem braunen Kleid die welken, aufgehäuften Blätter schleifen sah, erschien sie ihm größer, als er sie sich vorgestellt hatte; und während sie mit Interesse bemerkte, daß er stärker, sein Teint ebenmäßiger und röter geworden war, gemildert durch den seinen Schnurrbart und die ergrauenden Schläfen, fiel es ihm vor allen Dingen auf, daß ihre Haare, die früher von einem unbestimmten Aschblond gewesen, in ein entschiedenes venetianisches Rot übergegangen waren und ihr Gesicht mit dem warmen Ton eines schönen italienischen Gemäldes überhauchten, die Farbe der Augen hervorhoben und den Teint zarter erscheinen ließen – kurz, ihr eine neue Schönheit verliehen, die retouchiert und geschmeichelt, vielleicht auch durch unsichtbare Schminke erhöht worden war.

Ihr Anzug, wie immer höchst geschmackvoll, zeigte noch jene Koketterie einer Frau, die liebt und wieder geliebt werden will, und ihre Haltung eine Sicherheit und Selbständigkeit, welche Frau Ravaut, die seit Monaten keinem anderen verantwortlich war, zugleich mit ihrer unbedingten Autorität erworben hatte. .

»Die Scheidung bekommt ihr verteufelt gut,« dachte Fagan und ging sogleich zum Angriff über.

»Warum bin ich nicht von dieser Heirat benachrichtigt worden? ... Wir hatten es doch so abgemacht.«

Sie ließ ihr hübsches, falsches Lächeln von ehemals, mit dem Seitenblick unter den halb geöffneten Lidern, gleich einem Späher hinter den Stäbchen einer Jalousie, sehen. – Mein Gott, es wäre nichts bestimmt ... sie schwankte noch ... Hielt er es für vernünftig? »Sie kennen mich, mein lieber Fagan, und kennen auch La Posterolle ... was raten Sie mir?«

Sie sprach im Tone aufrichtiger Freundschaft, und neben ihm auf dem Trottoir der Allee einherschreitend, war sie unwillkürlich im Begriff, sogar seinen Arm zu nehmen. Aber mit einer fast ebenso unbewußten Bewegung entfernte sich Fagan von ihr, und um ihren Fragen, die er ungehörig und lästig fand, zu entgehen, rief er ihr die Bedingung, unter der er in die Scheidung gewilligt, zurück: »Niemals Paris zu verlassen, die Kinder niemals aus Paris zu entfernen.« Sein fahler Schnurrbart zitterte vor Zorn bei diesen Worten.

Sie beruhigte ihn sofort. – Ihre Töchter Paris verlassen! Weder jemals mit ihrer Mutter, noch wegen dieser Heirat.

La Posterolle, Berichterstatter im Staatsrat über die Petitionen, stände vor der Ernennung zum Rat und alle seine Interessen fesselten ihn an Paris. – Sie selbst wäre viel zu sehr Pariserin ... und dieses letztere beruhigte Fagan mehr als alles andere. Er konnte sie sich in der Tat nicht in der Provinz denken, ausgeschlossen von den Premieren, den Pferderennen, den Ausstellungen aller Art, die man besucht, um zu sehen und gesehen zu werden. Als sie daher auf ihren La Posterolle und auf die Vorteile der beabsichtigten Heirat zurückkam, hörte er sie ohne Mißfallen an, erteilte ihr fast seinen Rat.

Indessen hatte der seit dem Morgen drohende Regen zu fallen begonnen. Es war ein dichter, durchdringender Herbstregen, und große zersetzte Wolken hingen über dem Luxembourg. Sie spannten ihre Regenschirme auf; aber da sie zu entfernt von ihm war, um reden zu können, schloß sie nach kurzer Zeit den ihrigen und schritt dicht neben ihm her, indem sie ihn von ihren Töchtern unterhielt. Ihre Heirat, wenn sie sich dazu entschlösse, würde ihnen Verbindungen in der offiziellen Welt und vorteilhafte Partien verschaffen. Die Aeltere wäre eben sechzehn geworden. – Was vermöchte eine alleinstehende, geschiedene, in ihren Ausgängen und Empfängen beeinträchtigte Frau für ihre Verheiratung tun? Rosa wie Ninette würden auf die Dauer durch diese Isoliertheit leiden. »Aber Sie selbst, Regis, fühlen Sie sich nicht sehr allein?«

Sie sprach dies alles ganz leise, dicht an ihn geschmiegt, um sich vor dem immer stärker strömenden Regen zu schützen. Ein dichter Nebel ertränkte die Allee, ihre herbstlich braunen Laubkronen und die schöne Gruppe von Carpeaux mit ihrem Globus, den fünf bronzene Frauengestalten mit schlanken, nervösen Beinen in drehender Bewegung erhalten. Zuweilen erhob sich, durch den Regen vertrieben, ein Paar von einer Bank und streifte sie im Vorübergehen mit einem flüchtigen Lächeln der Mitschuld.

Denn wer konnte ahnen, was sie hierher geführt hatte und was sie einander waren?

Der milde Herbstmorgen, die seltsame Unterhaltung, deren Verwertung für das Theater ihm bereits vorschwebte, veranlaßten Fagan, mit Aufmerksamkeit ihren Worten zu folgen, obgleich er wußte, daß sie falsch und lügnerisch war. Nachdem sie gesagt hatte: »Raten Sie mir!« war sie es, die ihm Rat erteilte, und zwar höchst klug und weise; war sie es, die ihm anlag, sich ebenfalls zu verheiraten und sein Leben nicht in Einsamkeit zu beschließen, da sie überzeugt wäre, daß er für eine andere, die sich besser in seinen Geschmack und in seine Ideen zu schicken wüßte, einen vortrefflichen Gatten abgeben würde. Ergötzt von der Wendung, welche die Unterhaltung, genommen, erwiderte er herzlich, ja fast heiter, als sie ihn unterbrach:

»Wie schade, daß Frau Hulin ...«

»Frau Hulin?«

»Ja, Ihre Wirtin.«

Abermals zitterte in dem Winkel ihres feinen Mundes eine kleine Spitzbüberei. Er zuckte zusammen.

»Sie kennen sie also?«

»Genug, um zu wissen, daß sie vollständig der Typus ist, der für Sie paßt.«

»Was bedeutet also Ihr »Wie schade?«

»Nun ja, wie schade, daß sie nicht Witwe ist.« Er machte eine bestürzte Miene, und sie fuhr fort: »Sie haben den Kindern erzählt, daß sie Witwe sei, aber sie ist nur von ihrem Gatten getrennt.«

»Was wissen Sie davon?«

Sie lachte so boshaft, daß er mit einem Zucken der Schultern die Tatsache, daß Frau Hulin nicht Witwe sei, als von geringer Wichtigkeit beiseite zu schieben schien. Darauf setzten sie ihren Gang schweigend fort. Aber der stärker werdende Regen und der Lärm einer Schar von Studenten, die von einem Fechtboden kamen, erfüllte plötzlich die einsame Allee mit Lachen und Scherzen und zerstörte gänzlich den Reiz der originellen Zusammenkunft. Sie trennten sich bei dem nächsten Droschken-Halteplatz.

Warum kehrte er mit gepreßtem Herzen von dieser Unterredung zurück? Er hatte die Gewißheit, daß seine Töchter nicht Paris verlassen und die Heirat an seinem so ruhigen und glücklichen Leben nichts ändern würde. Regten sich bei der Verjüngung dieser rot gewordenen Blondine, bei dem so lange geliebten Duft der Berbena Erinnerungen, ein unbestimmtes Bedauern? Nein, tausendmal nein! Nachdem die erste Ueberraschung vorüber war, hatte das falsche Lächeln genügt, um ihn an die Jahre seiner Schwäche und Leiden zu erinnern. Was war es also? Woher diese Beklommenheit? Nach tausend Umwegen und Ausflüchten mußte er sich gestehen, daß seine Traurigkeit daher komme, daß seine Freundin verheiratet war. Und ganz in der Tiefe seines Herzens, fern wie an dem äußersten Ende einer Allee, erschien Pauline Hulin mit ihrer etwas kurzen Taille, ihren schönen, großen, anziehenden Augen, mit ihrer ehrlichen Miene, ihrer Güte, die ihr ganzes Wesen durchstrahlte, und so den schärfsten Gegensatz zu derjenigen bildete, die ihn eben verlassen hatte. Ohne daß er sich dessen bewußt war, hatten sich entschieden in seinem Herzen seit Wochen Entwürfe zu bilden begonnen, welche die Enthüllung, daß Frau Hulin verheiratet sei, wie mit einem Wetterschlag zerstörten.,

Aber verhielt es sich wirklich so? War es nicht vielleicht eine jener romanhaften Klatschereien, wie die teuere Frau Ravaut sie liebte? Indem er hieran dachte, erinnerte er sich jedoch der eigentümlichen Zurückhaltung seiner Nachbarin in bezug auf diesen verstorbenen oder nicht verstorbenen Gatten, während sie ihn in alle ihre übrigen Lebensverhältnisse rückhaltlos eingeweiht hatte, und daß ihn manches, dem kleinen Moriz entschlüpfte Wort stutzig gemacht hatte. Zu welchem Zweck aber diese Lüge, welche dem aufrichtigen, ehrenhaften Geschöpf, das sich sonst so unbefangen gab, einen großen Teil seiner Reize raubte? Alle Frauen logen; man durfte keiner glauben und ihrem Worte selbst nicht den Wert des Zeugnisses eines Kindes vor Gericht beimessen.

In diesem Sturm wilder und widerstreitender Gedanken kam er nach Hause, entschlossen, unverzüglich eine Erklärung herbeizuführen, als er erfuhr, daß das Knie des Kindes sich entzündet hätte und Frau Hulin sich eben mit einem berühmten Chirurgen, den sie hatte rufen lassen, beriet.

Nach dem Frühstück ging Fagan hinunter, um zu hören, wie es stände. Er wurde nicht vorgelassen. Annette, die Kammerfrau, welche den Kleinen erzogen hatte, erzählte ihm mit geröteten Augen durch die halboffene Tür, daß am folgenden Tage eine schwere Operation stattfinden sollte, daß das ganze Haus mit den Vorbereitungen dazu beschäftigt sei und Madame niemand sehen wollte. Er ließ fragen, ob er am folgenden Tage in irgendeiner Weise behülflich sein könnte, etwa um das Kind zu halten oder bei ihm zu wachen. Madame ließ antworten, daß sie ihm sehr dankbar sei, aber keiner Hülfe bedürfe.

Wie weit sie in diesem Augenblick von ihm entfernt war, die reizende Frau! Da das Kind in Gefahr sich befand, was galt er ihrem Mutterherzen?

Viertes Kapitel.

Wenn ihm noch ein Zweifel über seine Liebe zu Pauline Hulin geblieben wäre, so mußte Regis von Fagan die fieberhafte Unruhe, in welche ihn am folgenden Morgen die Operation des kleinen Moriz versetzte, vollends über seine Gefühle aufklären. Die anmutige, krankhafte Zärtlichkeit des Kleinen, seine reizenden Aeußerungen, wie sie Kindern eigen, so daß man glauben möchte, es sei die naive und doch zugleich altkluge Sprache eines märchenhaft verzauberten Planeten, hätten ohne die Angst der Mutter, die er beständig vor sich sah, dem armen Regis nicht das laute Herzpochen verursachen können, das angesichts der bevorstehenden möglichen Gefahr immer heftiger wurde. Durch Anthyme wußte er, daß es sich um etwas Ernstes, sehr Ernstes handelte, um das Zusammenfügen der zerbrochenen Kniescheibe, und als der entscheidende Augenblick gekommen war, rannte er, unfähig zu arbeiten, mit leisen Schritten in seiner Wohnung auf und ab und lauschte so ängstlich, als ob es sich um eine seiner Töchter gehandelt hätte, auf jedes Geräusch aus dem Erdgeschoß, ob nicht ein Schrei, eine Klage des Kindes laut würde.

Zuweilen blieb er an einem Fenster stehen und trommelte mit nervösen Fingern an den Scheiben. Plötzlich gewahrte er während eines jähen Windstoßes, der die Wolken zerriß und krachend und pfeifend die alten Ulmen des Gartens zerzauste, in den Alleen einen untersetzten Mann von fünfunddreißig bis vierzig Jahren, der mit einem Militärmantel bekleidet war, und dessen feuerrotes Gesicht ein bürstenähnlicher Schnurrbart zierte. Unruhig und unbeschäftigt wie Fagan selbst, sah er mit traurigen Blicken zu dem hohen Fenster des Parterrezimmers auf, in welchem die Chirurgen die Operation vollzogen.

War es nun einer dieser traurigen Blicke, die Regis wahrnahm, oder das Aeußere des Mannes, der trotz des Sturmes in bloßem Kopfe, wie bei sich zu Hause, war – genug, er dachte plötzlich: »Es ist der Vater ... der Mann.« Jeder Zweifel darüber schwand, als Frau Hulin im langen Morgenkleide und mit unfrisiertem Haar die vier Stufen des Vorplatzes eilig hinabstieg und dem Manne freudestrahlend entgegenging. Sie sprach sehr lebhaft mit ihm, ohne Zweifel von der beendeten und gelungenen Operation, und dabei erhob sie die Hände, um das feine Geringel ihres Haares, das sich gelöst hatte, wieder aufzustecken. In diesem Augenblick wollte der Mann mit einer leidenschaftlichen Heftigkeit ihre volle und doch schlanke Taille umfassen, welche diese Bewegung reizend hervortreten ließ; allein sie entzog sich ihm, schüttelte zwei- oder dreimal zornig den Kopf und eilte davon, ohne sich umzusehen.

Ja, ganz gewiß, es war der Gatte, und allein aus der Art zu schließen, wie er die Frau anblickte und umarmen wollte, ein noch junger, wie am Hochzeitstage verliebter Gatte. Fagan konnte seine Gedanken nicht mehr davon abwenden. Während Anthyme ihm sein Mahl auftrug, versuchte er ihn auszuholen, jedoch wie gewöhnlich wußte der Diener nichts. Rotes Haar? – gesträubter Schnurrbart? Nein, er hatte von einem solchen Herrn nicht sprechen hören. Dagegen war er unerschöpflich über die geringsten Einzelheiten der Operation, die Zahl der Instrumente und Schwämme, über die Furcht, die man einen Moment gehabt, daß das Chloroform nicht lange genug wirken würde, und über die Kaltblütigkeit der Mutter, die, während alle übrigen den Kopf verloren, ihrer Umgebung Mut einsprach. Wenn der Herr es aber wünschte, so brauchte er bloß Annette oder die Köchin zu fragen.

»Unglücklicher, das verbiete ich Dir!« rief Fagan entsetzt vor den namenlosen Verlegenheiten, in die dieser Einfaltspinsel ihn bringen konnte. Seine Betrachtungen und traurigen Gedanken für sich behaltend, begab er sich ins Baudeville, wo eines seiner Stücke gespielt wurde, und groß war seine Freude, als er, einen Wagen an der Station Passy nehmend, denjenigen, welchen er schon »den Mann« genannt hatte, leichtfüßig wie einen Jüngling, auf die Imperiale des Tramway klettern sah. Er brachte also nicht den Nachmittag bei Frau Hulin zu. Die Schauspieler des Baudeville äußerten wiederholt untereinander: »Unser Autor ist heute besonders guter Laune,« während Regis, von seinem Stück so vortrefflich unterhalten, als ob es ihm ganz neue wäre, in seiner Proszeniumsloge dachte: »Meine Schauspieler spielen heute wie die Engel.«

Aber welche Enttäuschung bei der Heimkehr, als Anthyme ganz stolz darauf, jetzt unterrichtet zu sein, zu ihm sagte: »Beiläufig, die

Persönlichkeit, nach der der Herr sich erkundigte, die mit bloßem Kopf im Garten spazieren ging ...«

»Ja. Nun?«

»Soll ein naher Verwandter von Frau Hulin sein. Er ist eben zum Diner zurückgekommen ... ich würde mich sogar nicht verwundern, wenn er die Nacht hier bliebe, weil Annette ...«

»Ja, was geht mich das an, ob der Mann hier diniert oder schläft ...?« Armer Fagan! Es ging ihn so viel an, daß er sein Mittagessen nicht anrühren und den ganzen Abend, unfähig zu arbeiten oder auch nur zu lesen, lediglich das Eine denken konnte: »Der Mensch wird die Nacht hier zubringen.« Und wenn er blieb, wie konnte er annehmen, daß der Gatte dieses schönen, strahlenden Geschöpfes – denn Fagan zweifelte nicht mehr, daß es der Mann war – ruhig neben diesem wachen und daß Frau Hulin in der Freude über die gelungene Operation, dem Vater des Kindes nicht alle seine Vergehen verzeihen würde?

Er erblaßte vor Zorn, er, den die Heirat seiner Frau mit La Posterolle so kalt gelassen hatte. Er liebte eben seine Frau nicht mehr und betete Frau Hulin an; kein Zweifel weiter.

Was sollte er nun beginnen? In dem Hause bleiben? Ihre innigen Beziehungen aufrecht erhalten? Die beschleunigten Schläge seines Herzens bewiesen ihm, daß er sehr unglücklich sein würde. Er mußte also fortgehen, das kleine, so ruhige Haus verlassen, das so bequem zur Arbeit war, mit seinen langen Abenden und dem sanft belebten Verkehr mit Mutter und Kind. Eine ungewöhnliche Bewegung im Erdgeschoß entriß ihn seinen Gedanken. Er hörte rasche Schritte, einen dumpfen Wortwechsel, dann die Glocken tönen, das Geräusch von umgeworfenen Möbeln und zornige Ausrufe eines Mannes. Fagan, der sogleich aufgesprungen war, eilte auf die dunkle Treppe hinaus. Fast in demselben Augenblicke wurde das untere Stockwerk geöffnet. Der Mann kam wütend heraus, Annette leuchtete ihm mit zitternden Händen. Auf der Schwelle drehte er sich noch einmal um, stieß mit drohend erhobenen Fäusten schreckliche Beleidigungen aus und stürzte auf den Boulevard, indem er heftig die Türe zuwarf, welche die Kammerfrau hinter ihm sorgfältig verriegelte und verschloß.

Fagan stand als stummer Zeuge dieser Szene auf der Treppe und fragte sich, was er tun sollte? Dann eilte er die Stufen hinunter und trat geradewegs in den Salon, wo Frau Hulin, die er mit aufgelösten Haaren und starren Blicken auf dem Sofa liegend fand, sich mühsam von dem Auftritte zu erholen begann. Ein großes, flackerndes Holzfeuer war die einzige Beleuchtung.

»Kommen Sie, kommen Sie,« rief sie, ihm die Hände entgegenstreckend. Ihre Hände waren kalt und zitterten.

»Sie riefen,« murmelte er, »ich bin gekommen.«

Und sie erwiderte noch leiser: »Ach ja, ich habe mich sehr gefürchtet.«

Er begnügte sich, ohne sie durch eine indiskrete Frage in Verlegenheit zu setzen, mit den Worten: »Wie befindet sich Moriz?«

»Er schläft ... er schläft, der liebe Kleine, glücklicherweise ist er nicht aufgewacht. Man hat ihm so viel Chloroform gegeben.«

»Die Operation ist also geglückt?«

»Ueber alles Erwarten.«

Annette kam mit der hellbrennenden Lampe in den Salon: »Wir brauchen nicht zu fürchten, daß er wiederkommt; ich habe Kette und Riegel vorgelegt.« Erst jetzt bemerkte sie ihren Mieter und fügte hinzu: »Ach, Herr von Fagan, jetzt können wir ruhig sein.«

Als sie sich entfernt hatte, schob Pauline Hulin ihren Lehnstuhl an das Tischchen auf dem die Lampe stand, und lud Fagan durch ein Zeichen ein, auf der anderen Seite Platz zu nehmen. Sie hatte ihre Selbstbeherrschung wiedergewonnen, und nachdem sie mit einem Griff ihre aufgelösten Haare und die Falten ihres mit weichen Spitzen besetzten wollenen Morgenrockes geordnet hatte, sagte sie:

»Sie werden nie erraten, wer dieser Mensch ist ... ja, dieser Mensch, welcher sich eben entfernt hat ...«

»Ihr Gatte, wie ich vermute,«

»Sie wußten es?«

»Aber ich hätte es lieber von Ihnen erfahren.«

»Hören Sie mich an,« sagte sie.

Und an derselben Stelle, in demselben kleinen traulichen Salon, in welchem Fagan ihr die Geschichte seiner traurigen Häuslichkeit erzählt hatte, lauschte er nun dem Jammer der ihrigen, während in der Ferne wie damals die Hofhunde bellten und die Züge der Ringbahn vorüberbrausten.

Sie hatte vor zehn Jahren in Havre einen Marinekommissär geheiratet und nach kaum vier Jahren sich von ihm trennen müssen. Und welcher Geduld hatte es bedurft, um diese vier Jahre an der Seite eines solchen Menschen auszuharren! Er war nicht bösartig, durchaus nicht, noch ausschweifend, noch ein Spieler wie so viele andere in dem tollen Leben der Seehäfen; aber er war so eifersüchtig, so brutal und maßlos in den täglich wiederkehrenden Auftritten, die nichts mildern noch verhüten konnte, selbst nicht die Vorsicht der klügsten und am wenigsten koketten Frau. Tanzte sie auf dem Balle, so gab es bei der Heimkehr eine Szene, und was für eine Szene! Alles gab ihm Veranlassung zu einer solchen: ihre schon vorher streng geprüfte Toilette, an der das Fichu bis zum Halse hinaufgehen und die Aermel bis zum Ellenbogen reichen mußten; ihre Haltung, ihre Art zu walzen, zu grüßen ... Tanzte sie nicht, so gab auch das wieder Veranlassung zu Streit: sie belustige sich, ihn die Rolle eines Bartolo spielen zu lassen, während sie selbst auf den Bänken unter den Mauerblümchen als Opfer sich darstelle.

Ach, mit welcher Angst die arme Frau Hulin die Feste herannahen sah, die ihr Gatte sie mitzumachen nötigte! Und mit dieser Ueberwachung peinigte er sie nicht nur in Gesellschaft, sie mußte ihm auch über die Besuche, die sie am Tage gemacht hatte, Rechenschaft ablegen und zwar aufs genaueste, mit allen Einzelheiten und den Namen der Leute, mit denen sie zusammengetroffen war. Diese Kontrolle verfolgte sie bis in das Innerste ihres Wesens, die geheimsten Gedanken oder Empfindungen. »Woran denkst Du? Schnell, antworte!« Ja, bis in den Schlaf, und beim Erwachen mußte sie ihm ihre Träume erzählen, auf die Gefahr hin, ihn rasend zu machen, wenn er in denselben keine Rolle spielte, denn sie konnte nicht lügen. Sie erinnerte sich in den vier Jahren, die sie an der Seite dieses Mannes zugebracht, keiner einzigen Nacht ohne Thränen, Geschrei, Beleidigungen und Gewaltthätigkeiten, zu denen dieser Unglückliche durch seinen Wahnsinn sich hinreißen ließ, worauf er sich schluchzend zu ihren Füßen wand und um Verzeihung bat.

»Ich habe vier Jahre lang verziehen und vielleicht würde ich aus Stolz, Mitleid oder Scham, auch um unseres Kindes willen, noch länger Geduld gehabt haben ... aber eines Abends ...« hier schlug ihre Stimme um und wurde härter, die Stimme einer anderen Frau ... »eines Abends bezweifelte der Elende in seinem Zorn, daß unser kleiner Moriz sein Sohn sei, riß das Kind aus meinen Armen und warf es so heftig zu Boden ... ach, mein armer Junge!

»Seit diesem Tage mochte er bitten, weinen, sich und mich zu töten drohen, so viel er wollte: ich hörte auf, seine Frau zu sein; ich verlangte die Trennung und erhielt sie. Sobald ich Havre verlassen hatte, kam ich mit meinem Kinde nach Paris zu meiner Mutter, die Witwe war und seit einigen Jahren dieses Haus bewohnte. Es geschah ihr zu Gefallen, auf ihren Rat, daß ich in diesem Viertel, in der Welt, in der wir lebten, mich gleichfalls für eine Witwe ausgab. Die alte Pariser Gesellschaft hat ein Vorurteil, ein Mißtrauen gegen die separierte Frau, um so mehr, als ohne besondere Nachforschungen nichts darauf hinweist, zu wessen Gunsten die Trennung verfügt worden ist. In den Augen meiner teuren Mutter sollte mir diese Vorsicht hauptsächlich nützen, wenn sie nicht mehr sein würde und ich allein zurückbliebe. Und ich muß sagen, daß meine Pseudo-Witwenschaft mir in verschiedenen Fällen tatsächlich nützlich gewesen ist.«

Fagan machte eine Bewegung mit dem Kopfe, wie um dagegen zu protestieren, worauf er sogleich auf dasjenige überging, was ihn quälte: »Sie haben also nicht von den Wohltaten Nutzen gezogen, die Ihnen das Gesetz bewilligt, da Ihr Gatte Sie wieder aufsucht?«

»Er ist heute zum erstenmal gekommen,« versetzte Frau Hulin feuchten Blickes. »Anette gibt ihm jeden Neujahrstag schriftlich Nachricht von uns, aber bis heute Morgen haben wir uns nicht wieder gesehen. Und ich habe ihn gerufen; weniger wegen der Operation, die gefährlich sein konnte, als wegen gewisser Klauseln in unsrer Trennungsakte. Ja, der Rechtsanwalt von Malville ...«

»Malville? Der Wagnerianer meiner Frau?«

»Derselbe. Er war damals Präsident des Tribunals in Havre, und da er ein ebenso leidenschaftlicher Musiker ist wie mein Gatte, so gehörte er zu demselben Quartett. Indem er die Trennung zu meinen Gunsten entschied – und wie hätte er anders urteilen können –

behielt er dem Vater das Recht vor, die Erziehung des Kindes vom zehnten Jahre an bis zur Beendigung seiner Studien zu leiten. Moriz ist fast zehn Jahre alt, und der Gedanke, daß ich ihn verlieren sollte, daß man ihn fern von mir, in irgendeinem Lyzeum einschließen würde, zerriß mir das Herz. Ich ließ meinen Gatten in der Hoffnung kommen, daß er Mitleid mit dem kleinen Märtyrer haben und mich über die festgesetzte Zeit hinaus ihn pflegen lassen würde. Am Morgen glaubte ich, daß es mir glücken würde, als ich seine Bewegung sah, in der er das Kind, das halbtot und ganz bleich von dem Chloroform dalag, kaum zu küssen wagte. Abends kam er wieder und wünschte die Nacht in dem Salon zuzubringen, um bei unserem Liebling, wie er sagte, zu wachen, im Falle ich müde werden sollte. Er sprach so sanft, schwur, mir meinen Sohn so lange zu lassen, als ich wollte; seine Stimme war so natürlich! Man schlug ihm hier, wie Sie sehen, ein Bett auf, ich befand mich bei meinem Kleinen, die Tür stand halb offen. Und plötzlich verlangte dieser Elende ... und ohne meine Weigerung, meinen verzweifelten Widerstand ...«

»Schurke,« schrie Fagan mit bleichen Lippen, aber ihre Empörung beruhigte ihn.

»Ach, mein ganzer Haß lebte wieder auf, und ich begreife selbst nicht die Kraft, mit der ich ihn zurückstoßen und fortjagen konnte, indem ich ihm drohte, das ganze Haus zu Hülfe zu rufen. Ich schwöre, daß dieser Mensch mir und meinem Kinde sich niemals wieder nahen soll.«

»Ihnen, dazu berechtigt Sie das Gesetz, – aber Ihrem Kinde?«

»Bis zu seinem zehnten Jahre sind noch drei Monate Zeit; wenn bis dahin sein Knie noch krank ist, so hoffe ich von dem Gerichtshöfe einen Aufschub zu erlangen. Wenn es dagegen geheilt ist oder wenn der Vater zu der Parteilichkeit seines Malville seine Zuflucht nimmt, so entführe ich meinen Kleinen und verberge mich mit ihm am Ende der Welt.«

Ein langes, bewegtes Schweigen folgte dieser Drohung mit Flucht und Trennung, und es schien, als ob ihre Gedanken sich bereits in der Ferne verlören. Plötzlich sagte Regis von Fagan, als ob er laut dächte:

»Uebrigens, warum sich nicht scheiden lassen! Nach dem ersten Urteil zu Ihren Gunsten wird Ihnen nichts leichter sein.«

»Und welchen Vorteil hätte ich davon?«

Er wurde sehr bleich.

»Den Vorteil, sich wiederverheiraten zu können und in dem Manne, den Sie lieben würden, einen natürlichen Verteidiger für Moriz und für Sie zu finden ...«

»Mich wieder verheiraten? O, ich sollte meinen, daß meine Eheerfahrungen keiner Vervollständigung bedürfen. Uebrigens ist meine ganze Familie sehr katholisch. Meine Mutter nannte die Scheidung eine Gotteslästerung und ich selbst, in ihren Ideen erzogen« – sie unterbrach sich lebhaft – »aber da wir von Scheidung sprechen: und Ihre Gattin? Haben Sie sie gesehen? Ich vergaß, Sie danach zu fragen.«

»Ich habe sie gesehen.«

»Ohne Aufregung?«

»Mit keiner größeren, als wenn ich einer ehemaligen Geliebten zufällig an einer Straßenecke begegnet wäre.«

»Ach, was die Scheidung aus der Ehe gemacht hat!« murmelte Pauline Hulin, die rot geworden war, als sie hörte, daß Regis seine Gattin ohne jede Freude wiedergesehen hatte. »Aber sie ... sind Sie sicher, keinen Eindruck auf sie gemacht zu haben? Hält sie noch an ihrer Absicht fest?«

»Mehr als je. Da ich die Gewißheit habe, daß meine Töchter Paris nicht verlassen werden, so bin ich von der Heirat entzückt, die diese Frau noch weiter von mir entfernt und jede Annäherung unmöglich macht. Und sehen Sie, um wie viel besser meine Lage ist als die Ihrige. Nehmen wir an, daß Sie sich scheiden lassen, so könnte Hulin sich wieder verheiraten, sich einen neuen Herd, eine Familie gründen und ließe Sie beide wahrscheinlich in Ruhe.«

»Ja, Sie haben recht,« sagte sie sanft träumerisch, »aber ich werde mich nie scheiden lassen. Es ist unmöglich ... ganz unmöglich.«

Fünftes Kapitel.

Schon seit einigen Tagen kündigten die Theaterzettel des Vaudeville das in kurzem zur Aufführung gelangende neue Stück Fagans an. In den Theatern, den Klubs, an den Empfangstagen der Damen, in den Bureaus der Ministerien, den Boulevardcafés, überall sprach man davon, und schon regnete es auf den Tisch des beliebten Verfassers so zahllose Bitten um Plätze zu seiner Premiere, daß das Haus wohl dreimal dadurch hätte gefüllt werden können.

Eines Sonntagmorgens, als seine Töchter eben gekommen waren und er ihnen lachend den Haufen eingegangener Briefe mit Bitten um Billets zeigte, sagte Nina lebhaft:

»Ach, weißt Du, Papa, Mama möchte sehr gern eine Loge zur Generalprobe haben.«

»Gut,« versetzte Fagan, ein wenig verstimmt, wie immer, wenn sie von ihrer Mutter sprachen, »aber unter einer Bedingung, nämlich, daß ihr an dem Abend mit mir und nicht mit ihr geht.«

»Nichts einfacher,« begann Rosa, die eine fügsame Tochter war; aber auf einen Blick ihrer Schwester brach sie ab. Und zugleich fiel Ninette mit emporgehobenem Näschen ein:

»Aber, lieber Vater, Du bedenkst nicht, daß Du bei der Generalprobe Deines Stückes jeden Augenblick auf die Bühne, hinter die Kulissen gerufen werden wirst, und daß wir dann ganz allein bleiben ...«

»Ich habe wohl daran gedacht,« entgegnete Fagan, »wir werden Frau Hulin mitnehmen.«

»Frau Hulin? – Auf keinen Fall!«

Mit diesen fast tonlos gesprochenen Worten und bestürzten Mienen war Rosa, die sanfte, hübsche Rosa aufgesprungen. Nein, das nicht! Davon könnte keine Rede sein! Um keinen Preis der Welt würde sie sich mit dieser Person öffentlich zeigen.

Der Vater wurde nicht böse, er verbiß sogar ein Lächeln, denn er erkannte sein Blut, seine Rasse, seine Heimatinsel in dieser Heftigkeit.

»Diese Person, mein liebes Kind, wie Du sie nennst, ist eine höchst achtungswerte Dame, und ich weiß nicht, durch wen und zu welchem Zweck Du gegen sie so eingenommen worden bist. Wie kannst Du übrigens glauben, Du meine große geliebte Rosa, daß Euer Vater Euch, ob öffentlich oder nicht, eine Dame zur Begleitung geben wird, welche nicht die Achtbarkeit selbst ist?«

Rosa gab sich nicht überwunden. »Alles, was Du willst; aber ich sowohl wie meine Schwester werden lieber auf die Generalprobe verzichten, als derselben beiwohnen in Begleitung von ...«

Er ließ sie nicht ausreden. »Gut, meine Kinder. Die Generalprobe wird ohne Euch vor sich gehen. Aber da ich durchaus keine Veranlassung habe, der zukünftigen Frau La Posterolle gefällig zu sein, so bitte ich Euch, dieser zu sagen, daß sie nicht auf die Loge rechnen möchte.«

Es war besonders die Mutter, der er zürnte, denn er zweifelte nicht, daß Rosas Eifersucht durch sie beständig Nahrung fand.

Und in der Tat wußte Frau Ravaut, die durch Nina von den Fortschritten der Vertrautheit zwischen Fagan und seiner Nachbarin aufs genaueste unterrichtet wurde, den kleinsten Umstand zu verwerten. So auch den, daß der kleine Moriz so vollkommen regungslos verhalten und, ausgestreckt liegend, im Wagen herumgefahren werden mußte.

Diesen Wagen nun zog Fagan häufig von dem Kieswege vor dem Hause nach dem Platz unter den schattigen hohen Bäumen, oder er trug, was er allein konnte, den armen kleinen, durch die Krankheit größer gewordenen Krüppel in seinem Jerseyanzug mit weißem Kragen, nachdem er ihn vorsichtig aufgehoben hatte, auf seinen Armen umher, während das Kind sein hellblondes bleiches Köpfchen an die Schulter des älteren Freundes lehnte. Wenn Ninette einen dieser vertraulichen Vorgänge beschrieb, wandte sich die Mutter, welche die schwache Seite ihrer Töchter kannte, an das Fräulein, ihre beständige Vertraute, und sagte laut genug, um von jenen verstanden zu werden:

»Sie werden sehen, daß er das Kind adoptieren und meinen armen Mädchen nur das hinterlassen wird, was ihnen gesetzlich zukommt,«

Seitdem verabscheute Fräulein Ninette, die trotz ihrer Jugend schon sehr auf ihren Nutzen bedacht war, den kleinen Moriz, und zwar in so auffallender Weise, daß das Kind nicht mehr die Bitte, mit ihm zu spielen, an sie zu richten, selbst nicht mehr nach dem Fenster, an dem es sie früher erspäht hatte, hinaufzuschauen wagte. In Rosa, welche die Interessenfragen weniger berührten, vollzog sich ein anderer Prozeß.

Unter ihrer äußeren Schlaffheit sehr leidenschaftlich und namentlich außerordentlich eifersüchtig, empörte sie der Gedanke, daß eine Fremde in dem Herzen ihres Vaters ebensoviel Raum als sie einnahm. Eins jedoch gefiel ihr an Frau Hulin, nämlich deren Frömmigkeit, die sie trotz ihrer unglücklichen Ehe verhinderte, sich scheiden zu lassen. Das junge Mädchen, das von seinem Aufenthalt im Kloster Assomption sich streng religiöse Anschauungen bewahrt hatte, fand dies sehr schön und sprach es in Gegenwart ihrer Mutter aus.

»Geh mir doch,« spöttelte Frau Ravaut, und das Fräulein, eine englische Protestantin, spöttelte mit ihr: »Man kennt diese Frommen. Ihre Religion verhindert sie, sich scheiden zu lassen, aber das ist auch alles, woran sie sie hindert.«

Fräulein Rosa verstand trotz ihrer zur Schau getragenen Unwissenheit einer modernen jungen Pariserin nur zu wohl den Sinn dieser Worte und war überzeugt, daß Pauline Hulin die Geliebte ihres Vaters sei. Daher ihre Entrüstung darüber, mit jener die Loge teilen zu sollen.

Das war wieder ein verdorbener Sonntag, einer von den sonst so hübschen Sonntagen, an denen der Vater aus allen Ecken von Paris Leckereien herbeischleppte, sich auf die Speisekarten seiner Soupers besann, um seine Töchter gut zu bewirten, und den Tisch mit auserlesenen Blumenbuketts schmückte, wobei es ihn zugleich köstlich amüsierte, seine Töchter, die er kennen zu lernen so wenig Gelegenheit hatte, durch geistreiche Einfälle und Wortspiele zu unterhalten.

Heute jedoch zürnte er ihnen, und sein ungewöhnlicher Groll schien die Verleumdungen Frau Ravauts zu bestätigen. Durfte man diese Nachbarin so viel Macht über den Vater gewinnen lassen, der gewöhnlich so leicht und schnell zu erobern war? Er selbst erinnerte sich, indem er die reizenden Toiletten der kleinen, schmollenden Mädchen betrachtete, aller Opfer, die er gebracht, namentlich des letzten, der gewährten Erhöhung des Monatsgeldes, ohne zu rechnen. Und in demselben Augenblick ließ sich das Knirschen des kleinen Wagens auf dem Kies des Gartens hören, zugleich mit der Stimme der sanften, liebenswürdigen Pauline Hulin, deren Schmerzen und Kummer er kannte und gegen die seine Kinder so grausam waren.

Zum erstenmal seit der Einrichtung der vierzehntägigen Sonntage wußten Fagan und seine Töchter nicht, wie sie den Tag mitsammen zu Ende bringen sollten, so daß Anthyme Rosa und Ninette vor der verabredeten Stunde zu Wagen nach Hause brachte.

»Darf ich heute bei Ihnen essen?« fragte der arme Vater Pauline Hulin, und als er den Grund seiner Entzweiung mit seinen Kindern erzählte, wurden ihm statt des Dankes nur Vorwürfe zuteil.

»Wie können Sie Ihren Töchtern deshalb zürnen, daß sie auf Ihre Freundschaft für mich und Moriz eifersüchtig sind. Es ist nichts natürlicher, mein Freund. Uebrigens werde ich nicht zu Ihrer Generalprobe gehen. Wie könnte ich meinen kleinen Kranken verlassen? So sorgsam Annette auch ist, würde ich ihn ihr doch nicht einen ganzen Abend über anvertrauen. Ach, und mir ist das Herz so schwer, wieviel Kummer steht mir bevor! Denken Sie doch, daß ich fast wünschen muß, daß mein Kind ein Krüppel bleibe. – Es ist furchtbar! Aber wenn er gesund wird, nimmt ihn mir sein Vater. – Und Sie wollen, daß ich ins Theater gehe, um mich zu zerstreuen? O nein – behalten Sie Ihre Töchter bei sich in Ihrer Loge, und sagen Sie mir nur, wann Sie heimkommen, ob Sie befriedigt sind, ob Ihr Stück Erfolg gehabt hat. Ich werde Sie erwarten, ich verspreche es Ihnen.«

Da alles, was sie sagte, aus dem Innern ihrer aufrichtigen Seele kam, mit der ruhigen, unwiderstehlichen Macht einer aus der Tiefe emporsteigenden Woge, so glaubte und gehorchte ihr Freund ihr in allen Stücken.

Als am Abend der Generalprobe Frau Ravaut, von ihrem Verlobten La Posterolle und einem Freunde begleitet, sich mit der Sicherheit einer an derartige Feierlichkeiten gewöhnten Frau eine Proszeniumsloge im ersten Rang öffnen ließ, führte der Verfasser des Stückes seine beiden Töchter unter dem Schutz ihrer Engländerin, die einer bemalten Holzpuppe glich, in eine Parkettloge. Das Haus bot einen geisterhaften Anblick bei den nur zur Hälfte angezündeten Gasflammen dar, die hier und da in den verschiedenen Logenreihen schattenhafte flüsternde Frauengruppen, Kritiker, Freunde des Autors und des Theaters, Putzmacherinnen, Näherinnen, Ankleiderinnen erkennen ließen, und von Zeit zu Zeit sah man in dem Rahmen einer halb geöffneten Tür die roten Bänder einer Logenschließerin in dem hellen Licht der Korridore flattern.

»Nun, es geht, wie mir scheint,« murmelte Fagan, indem er zwischen seine strahlenden Töchtern den Kopf vorstreckte, der dem eines zum Tode Verurteilten glich, mit Augen ohne Blick und blassen Lippen, als wenn er der Aufführung seines ersten Stückes beiwohnte.

»Ob es geht – höre doch nur,« antwortete Ninette, ohne ihr Beifallklatschen im zweiten Akt zu unterbrechen, dessen Schluß sämtliche in dem Saal zerstreute Gruppen zu einer wahren Ovation vereinigte. Rosa hatte Tränen in den Augen, und oben beugte sich im hellen Lampenlicht Frau Ravaut weit aus ihrer Loge, ohne durch ihre falsche Lage im mindesten sich beengt zu fühlen, und rief als Kennerin unter dem Klappern ihres Fächers: »Ah, sehr gut, das ist hübsch,« und dabei lächelte sie den Schauspielern auf der Szene verständnisvoll und beifällig zu, so daß man sie noch für die Frau des Dichters hätte halten können.

Die Frau des Autors an einem erfolgreichen Abend! Das kannte wohl eine weibliche Eitelkeit erhitzen. Gewiß würde La Posterolle nie eine solche Genugtuung weder ihr noch ihren Töchtern verschaffen – so dachte Regis von Fagan, und nichts hätte seinem Triumph gefehlt, wenn er das Zustimmende Lächeln und die ruhige Anmut Pauline Hulis in ihrer dunklen Parketloge gewußt hätte.

Nach dem dritten Akt wuchs noch der Beifall des Stückes, welches im ganzen vier Aufzüge zählte. Fagan, der trunken von jener Freude war, deren die Männer nie müde werden, wollte seine Töchter daran teilnehmen lassen, indem er ihrer Eitelkeit einen unvergeßlichen Genuß bereitete. Er öffnete daher die Tür seiner Loge und empfing vor ihnen die Freunde, Direktoren aus der Provinz und Impressarien, auswärtige Korrespondenten, die das neue Stück des bejubelten Verfassers übersetzen und auf fremde Bühnen verpflanzen wollten. Dazwischen langten Näschereien und Blumen für seine Töchter an. Hände streckten sich ihm entgegen, Glückwünsche wurden ihm aus den Gängen zugerufen und Rosa und Ninette, die von dem väterlichen Erfolg ganz betäubt waren, hatten ihren Anteil an diesen Huldigungen. Beide waren so reizend, wenn auch von verschiedener Anmut, die Kleine mit lachenden Augen und dem Teint eines Heckenröschens, die Große indolent und lässig, mit dem matten Teint einer Kreolin.

Alle jene eleganten Nichtstuer, Journalisten und Börsenspieler sagten sich voll Neid, indem sie sich vor diesen beiden kleinen Pariserinnen in wunderbaren Roben und Hüten verneigten:

»Mit solchen Fetischen ist es kein Wunder, daß er Glück hat.«

Plötzlich öffnete sich die begeisterte Gruppe um den triumphierenden Dichter vor einer blendenden Toilette, und Frau Ravaut stürzte mit ausgestreckten Händen herzu und schüttelte diejenigen Regis wie ein männlicher Kamerad: »Gut das, lieber Fagan, sehr gut.«

Und mit einem strahlenden Lächeln gegen ihre Töchter entfernte sie sich, die Zurückbleibenden durch ihre plötzliche und unvorhergesehene Handlungsweise, die in den Gängen sehr verschieden beurteilt wurde, in eine gewisse Betroffenheit versetzend. Einige sahen darin den plötzlichen Impuls einer überschäumenden Begeisterung, eine die gesellschaftlichen Formen vergessende Kunstliebe, andere, und unter ihnen befand sich Regis, die Reklamesucht der Weltdame, die um jeden Preis »dabei« sein will und sich in jedem Stück, in dem sie nicht mitspielt, eine Rolle schafft.

»Gut das, lieber Fagan,« lachte er bei sich selbst, nachdem er seinen Töchtern und ihrer Gouvernante in den Wagen geholfen hatte, und kehrte zu Fuß nach seiner entfernten Wohnung zurück, um seine erregten Nerven durch den Winterfrost einer sternhellen Nacht zu beruhigen.

Im Gegensatz hierzu erinnerte er sich der Heimkehr mit seiner Gattin an Abenden, wann sein Stück nicht gefallen hatte.

Wie ärgerlich sie dann war, mit welch bösem Lachen sie das Werk und den Dichter herabsetzte! Und wie verächtlich sie die

Schultern zu der Hoffnung zuckte, die er noch hegte! Wenn dann am Morgen die Zeitungen kamen, wurde es noch schlimmer, und mit einem wahrhaft teuflischen Vergnügen machte sie ihn in diesem Haufen nörgelnder, klatschender und perfider Blätter auf die schneidendsten und verletzendsten Stellen aufmerksam.

Ah, über den schlechten Lebensgefährten! Heute hatte sie gut sich bemeistern und ihrem lieben Fagan Beifall klatschen! Fagan freute sich, ganz allein im Sternenlicht nach Hause zu gehen, wobei er sich vorstellte, daß sie ohne Zweifel rasend war über den unbestrittenen und fruchtreichen Erfolg, wie er einen solchen zu ihrer Zeit nie erlebt hatte.

Einige Wochen nach der Vorstellung, als sein Name noch auf allen Theaterzetteln stand und sein Bild an den Schaufenstern zu sehen war, verkündeten die Zeitungen die pomphafte Vermählung des Herrn La Posterolle, Berichterstatters über die Petitionen im Staatsrat, mit Frau Ravaut auf der Mairie in der Straße Drouot. Zwei Minister waren die Zeugen des Bräutigams, die der Braut zwei Akademiker, von denen der eine ihr schon bei ihrer ersten Vermählung vor achtzehn Jahren als Zeuge gedient hatte. Natürlich fehlte es nicht an schönen Toiletten und reizenden Frauen. Nach der Zeremonie Empfang des Ehepaares in dessen Wohnung in der Straße Lafitte.

»Aufrichtig,« fragte Frau Hulin ihren Mieter, der an dem Abend sie besuchte, »hat Ihnen heute nicht ein wenig das Herz geklopft?«

Er schwur »Nein!«, worauf er mit zärtlichen Blicken hinzusetzte:

»Ach, ich wünschte, daß auch Sie frei wären. Zwar bin ich noch meiner Töchter beraubt; aber Sie werden sehen, daß Frau La Posterolle sich weniger streng als Frau Ravaut an das Urteil des Tribunals binden wird, und daß meine Kinder mich öfter besuchen werden. Scheidung! Sie sehen, daß es keine andere Lösung gibt.«

Sie aber schüttelte den Kopf mit dem traurigen Lächeln unerschütterlicher Ueberzeugung.

Die Tatsachen schienen indessen Regis recht zu geben. Rosa und Ninette kamen öfter nach dem Boulevard Beauséjour und banden sich nicht an die vierzehntägigen Sonntage. Bald kam die große Schwester, bald die kleine auf einem Gang mit dem Fräulein unvorhergesehen zu Fagan und blieb ein bis zwei Stunden bei ihm. Rosa fuhr fort, mit den Nachbarn zu schmollen, während Ninette jetzt sich von selbst erbot, in den Garten zu gehen, um mit dem kleinen Moriz, welcher der Krücken nicht mehr bedurfte, umherzulaufen.

»Es ist komisch,« sagte der einfältige Anthyme zu der alten Dienerin unten, »aber ich lasse es mir nicht ausreden, daß die frühere Frau des Herrn ihn durch ihre Tochter in bezug auf Ihre Herrin ausspionieren läßt.«

Um dessen gewahr zu werden, bedurfte es keiner großen Schlauheit.

Aber Regis von Fagan, dieser feine Beobachter und Maler des menschlichen Charakters, verwandte, wie viele seiner Genossen, alles was er an Scharfblick und geistiger Feinheit besaß, auf seine Dichtungen und behielt nur genau so viel übrig, als das gewöhnliche Leben erforderte.

Er bemerkte daher die Ueberwachung nicht, unter der er und Pauline Hulin und ihr Verhältnis zu einander standen. Der Zweck, zu welchem es geschah, sollte ihm jedoch bald klar werden.

Eines Morgens, als Fagan früh bei der Arbeit saß, kam Ninette.

Sie hatte den Schleier fest über ihre schlauen Augen gezogen, und ihre kleine Nase war von der scharfen Luft gerötet. Eine Hand hatte sie in die Tasche ihres Jacketts gesteckt, in der anderen schwang sie ihren Schirm. In ihrer ganzen Erscheinung drückte sich etwas Entschlossenes und zugleich Listiges aus, das sie älter aussehen und ihre Aehnlichkeit mit der Mutter scharf hervortreten ließ. Nachdem sie durch einen Blick rings in dem Zimmer sich versichert hatte, daß sie allein wären, begann sie:

»Es ist uns eine große Unannehmlichkeit zugestoßen, lieber Vater. Denke Dir, daß der Cousin – sie sprachen den Namen La Posterolle nie aus – zum Präfekten in Korsika ernannt ist.«

»Und er nimmt an?« rief Fagan, welcher mit einem heftigen Stoß seiner langen Beine seinen Lehnstuhl vom Schreibtisch fortschleuderte. Der kleine Federhut nickte bejahend.

»Und Eure Mutter ist damit einverstanden? Sie denkt nicht mehr an unsere Bedingungen?«

»Die Mutter hat sich der Zukunft ihres Gatten opfern müssen,« antwortete Ninette mit bewunderungswürdiger Würde und Ernsthaftigkeit. »Ajaccio ist als Präfektur nur ein Platz zweiter Klasse, steht aber in erster um des Cousins willen. Bei seinem Alter ist es eine prächtige Stellung.«

Sie war zum Malen, wie sie auf dem Rand ihres niedrigen Lehnstuhles saß, mit der Spitze ihres Schirmes das Muster des Teppichs nachzeichnete und von Zeit zu Zeit spähend die Lider hob, um die Wirkung ihrer Worte besser zu beobachten. Er begriff, daß man sie ihm an Stelle ihrer älteren Schwester schickte, die zu einfach und natürlich war, um etwas Wichtiges von ihm zu erlangen.

Plötzlich stieg ihm dieser verschlagenen kleinen Person gegenüber der Zorn zu Kopf, als ob sie seine ehemalige Frau gewesen wäre.

»Mag Frau La Posterolle ihrem Mann bis ans Ende der Welt folgen, das kümmert mich wenig. Aber es ist mir versprochen und zugeschworen, daß meine Töchter Paris nie verlassen würden. Das wird niemand von mir erlangen, niemals.«

Er bekräftigte seine Willensäußerung mit einem gewaltigen Faustschlag auf seinen Schreibtisch, eine Demonstration, die nur zu häufig die Schwäche und Unfähigkeit des Widerstandes verrät. Fräulein Ninette bemerkte ihm sehr ruhig, daß ihre Mutter nicht daran dächte, sie mit sich zu nehmen, sondern im Gegenteil, sie und ihre Schwester darauf vorbereitet hätte, daß sie bei den Damen des Assomptionklosters bleiben würden, mit der Erlaubnis, jeden zweiten Sonntag ausgehen zu dürfen.

»Nur wirst Du einsehen, lieber Papa,« hier blinzelte sie ihn von unten auf an, »daß der Gedanke, Mama zu verlassen, uns beiden viel Kummer macht, und wir möchten Dich daher bitten, ihr eine von uns zu lassen, entweder Rosa oder mich, ganz wie Du willst, zumal der Aufenthalt des Cousins in Ajaccio nur von kurzer Dauer ist und der Minister ihm versprochen hat ...«

Die kleine Stimme stieg wie ein Lerchengesang immer höher und höher hinauf, und Regis, der die Augen geschlossen, hätte sich um zehn Jahre zurückversetzt wähnen können, mit Frau von Fagan streitend und schon im voraus durch ihren Wortschwall und unermüdlichen Eigensinn besiegt.

»Ich werde sehen, ich werde darüber nachdenken,« sagte er, indem er sich erhob.

Aber die Zeit drängte. Die Ernennung des Cousins sollte in drei Tagen im Amtsblatt erscheinen.

»Nun gut, mein Kind, morgen früh sollst Du und Deine Schwester Antwort haben.«

Sechstes Kapitel.

La Posterolle, der sich seit drei Monaten auf Korsika befand, galt für den besten Präfekten, den die republikanische Regierung bisher nach Ajaccio gesendet hatte, und diesen vortrefflichen Ruf verdankte er weniger seinen administrativen Fähigkeiten, als dem köstlichen Trio von Pariserinnen, seiner Frau und seinen beiden Stieftöchtern, die mit ihm in die Präfektur eingezogen waren.

Das reizende Lächeln dieser Damen, welche man stets zusammen antraf, ihre auserlesenen Toiletten, die sie zu Fuß, zu Pferde, zu Wagen spazieren führten, hatten die Stadt behext. Um sie vorüberkommen zu sehen, stürzten die Zigarrenarbeiterinnen der Hauptstraße mit Ausrufen der Bewunderung an die Türen, indem ihre braunen Augen unter den hellen Kopftüchern leuchteten.

Das Volk des Südens hat ein so lebhaftes Gefühl für Schönheit und Grazie! Zudem empfing der Präfekt sehr häufig, und seine Samstagabende, denen die Anwesenheit der Marineoffiziere noch besonderen Glanz verlieh, sowie die beständigen Festlichkeiten rüttelten die sehr häusliche Gesellschaft von Ajaccio auf, zogen aus den benachbarten Städten Bonifacio, Porto Vecchio, Sartène, Gäste herbei, gaben den Hotels Leben, den Schneiderinnen und Blumenmacherinnen Arbeit und machten den dort noch neuen kontinentalen Namen La Posterolle bis an die äußersten Enden der Insel bekannt und beliebt.

An einem Samstagabend, einem jener korsischen Winterabende, die an Milde den Maiabenden Frankreichs gleichen, um die Stunde, wo der Garten der Präfektur sich durch farbige Lampen zu erhellen begann und die Musik des Admiralschiffes, welche gewöhnlich zum Tanz aufspielte, sich in den orangen- und magnolienduftenden Kiesgängen einfand, lief Fräulein Rosa, die in ihrem weißen Ballkleid lang und bleich aussah, nach Frau La Posterolle suchend, hin und her. Endlich fand sie dieselbe in dem kleinen Salon, bei den zu Diner eingeladenen Gasten, welche eben den Kaffee genommen hatten. Durch einen hastigen Wink rief sie die Mutter herbei. »Lies das,« sagte sie, indem sie ihr rasch einen offenen Brief hinhielt, bei dessen Handschrift allein ihren entblößten, wie Atlas glänzenden Hals eine Gänsehaut überlief.

Während des Lesens fragte die Mutter ganz leise: »Das ist eben angekommen?«

»In diesem Augenblick – durch einen Kellner des Hotels – er wartet draußen auf Antwort.«

Sich ruhig fächelnd las und las die Mutter, und doch enthielt der Brief nur wenige Zeilen:

>»Ich erwarte, daß meine Töchter im Hotel de
>France auf dem Diamantplatz ihren Vater be-
>grüßen werden. Wenn sie in einer halben
>Stunde nicht erscheinen, so werde ich sie in der
>Präfektur selbst aufsuchen.
>
>   Regis von Fagan.«

Ein ratloses: »Was machen wir?« kam von den rot geschminkten Lippen der Frau Präfektin, während Rosa: »Armer Papa« murmelte.

»Du beklagst ihn noch!« sagte die Mutter im Tone glühenden Hasses, der La Posterolle, welcher aus dem Salon kam, um dem angemeldeten Admiral entgegen zu gehen, veranlaßte, stehen zu bleiben. Er las das Billett über der Schulter seiner Frau, und die schöne Kaltblütigkeit des Verwaltungsbeamten bewahrend, so daß kaum die Spitzen seiner langen, bleichen Finger, mit denen er seinen Schnurrbart streichelte, leise zuckten, befahl er mit halber Stimme: »Laß das Fräulein sie schnell hinbegleiten, so unauffällig als möglich. Was sie zu sagen haben, weißt Du so gut wie ich. Herrn von Fagans Anwesenheit in Ajaccio bringt uns in eine unleidliche Situation.«

Kaum hatte er geendet, als auf der Freitreppe des Gartens galonierte Hüte und Goldstickereien erglänzten. La Posterolle war voll Schwung. »Ah, mein Admiral ...« Aber die Modulationen seiner weltmännischen, den Phrasenhelden verratenden Stimme wurde von dem Musikkorps des »Redoutable«, welches die Marseillaise mit dem ganzen Aufgebot seiner Blechinstrumente intonierte, übertönt. Bald darauf begann der Ball, und während sich der Walzer aus den blendend hellen Salons in die duftigen Schatten des Gartens verlor, entschlüpften die Fräulein von Fagan, die dunkle Mäntel über ihre Ballkleider geworfen hatten, mit ihrer Engländerin heimlich dem fröhlichen Treiben und gewannen, längs den hohen, schwarzen Häusern hinschleichend, den Diamantplatz, der heute abend im hellen Lichte des Vollmonds mit dem metallisch glänzenden bewegten Meer in der Ferne, seinen Namen mit Recht verdiente.

In dieser feenhaften Beleuchtung maß eine Gestalt, die sich, wie eine schwarze Silhouette vom Hintergrunde abhob, mit heftigen Schritten den Asphalt des einsamen Platzes.

Wie war Regis von Fagan zu dem Entschluß gekommen, seine beiden Töchter von sich zu lassen? Und warum beide, während man doch nur eine von ihm gefordert hatte? Es war die Folge des Rates, den Frau Hulin ihm nach Ninettes Besuch gegeben hatte.

»Nehmen Sie an,« sagte sie, »daß Sie eine Ihre Töchter, wie man es Ihnen vorschlägt, im Kloster Assomption behielten, fern von ihrer Schwester und ihrer Mutter, mit der einzigen Zerstreuung, jeden zweiten Sonntag bei Ihnen zuzubringen. Wie bald würde sich Ihr Kind als Opfer und Sie als seinen Henker betrachten. Nein, da diese Frau trotz aller ihrer Versprechungen Paris verläßt und Ihnen Rosa oder Ninette entführt, so lassen Sie ihr alle beide. Sie werden durch die Entfernung von ihren Kindern leiden, aber sich die Vorteile der Trennung, die Verschönerung durch die Abwesenheit bewahren. Ihre Liebe für Sie wird wachsen, und Frau La Posterolle, die noch kokett und hübsch ist, wird jetzt mit ihrem neuen Haushalt und einem jüngeren Mann als Sie vielleicht die erste sein, Sie zu bitten: Nehmen Sie sie mir vom Halse, und Ihre Töchter werden hinterdrein rufen: Nimm uns schnell zurück.«

Darauf waren die Mädchen abgereist mit dem Versprechen, daß jede einmal in der Woche schreiben würde. Anfangs trafen die Briefe auch sehr pünktlich ein und waren voll Zärtlichkeit und jenen brieflichen Ergüssen, die so wenig kosten; außerdem enthielten sie Beschreibungen der Feste, die die Mädchen mitgemacht, der Ankunft des Geschwaders, eines Besuches auf dem »Redoutable«.

Es waren kleine Stilproben, die der beglückte Vater in Paris herumzeigte, in seinem Klub, in den Gängen des Theaters. Dann schrieb plötzlich Ninette allein. Rosa begleitete ihren Stiefvater auf einer Inspektionsreise. Die nächste Woche blieben die Briefe ganz und gar aus, und statt ihrer kam eine Depesche, welche mitteilte, daß Ninette sich bei dem Besuch eines Panzerschiffes den Fuß verstaucht hätte. Im folgenden Monat kam weder ein Brief noch eine Depesche, sondern nur ein kurzes Billett von dem Fräulein, welches die Nachricht enthielt, daß Ninette eine kleine Reise nach Sardinien machte und Rosa das Fieber hätte.

Endlich riß dem Vater die Geduld, und er drohte, hinzureisen, wenn man nicht sofort schriebe, und da hierauf keine Antwort erfolgte, so war er jetzt da, zitternd vor Wut, die geballten Fäuste schwenkend und wilde Rachegedanken in seinem Kopfe wälzend für den Fall, daß seine Töchter nicht Punkt zehn Uhr zur Stelle wären.

»Guten Abend, lieber Vater.«

»Ach, meine Kleinen, wie freue ich mich ...« und der arme Mann empfing seine Kinder mit offenen Armen und preßte sie an sein Herz und an seine noch von Tränen feuchten Wangen. Seine Ninette, seine Rosa, er hatte sie, er hielt sie an seiner Brust.

Was nützte es, sich zu beklagen oder Vorwürfe zu machen?

Sie hatten so vortreffliche Entschuldigungsgründe. »Wenn Du wüßtest – Du kannst Dir nicht vorstellen – frage nur Rosa – Ninette kann Dir sagen –.« Sie haben ihn jede bei einer Hand gefaßt, und so läßt er sich zwischen ihnen aus der Stadt führen nach einem breiten, einsamen Vorsprung, der auf der einen Seite von dem leuchtenden Meer, auf der anderen von Gärten, Villen und Familiengräbern eingefaßt wird, deren weißes Mauerwerk sich über den düsteren Abhang der Hügel zerstreut. Hinter ihnen ertönt der männliche Schritt des Fräuleins, das sich in angemessener Entfernung hält, um nichts von dem zu verlieren, was der Vater mit seinen Kindern redet.

Gegenwärtig macht Ninette ihm sanfte Vorwürfe wegen seiner Unvorsichtigkeit, daß er so unerwartet gekommen ist. Was müßte es in der Stadt für einen Skandal erregen, wenn man erführe, daß der erste Gatte der Frau Präfektin da sei. »Denke nur, Väterchen, in welche Lage Du Mama versetzt hast!« Der Ton Ninettens, die noch nicht fünfzehn Jahre zählt, ist so überlegen, ihr Arm drückt so lebhaft den ihres Väterchens, daß dieser sich schuldig zu fühlen beginnt. »Und was uns betrifft, meine Schwester und mich,« fährt die Listige fort, die in dem Maße kühler wird, in dem der Vater sich schwach zeigt, »was soll man denken? Es kannte hier niemand oder fast niemand die Wahrheit, man glaubte, daß Mama Witwe und wir Waisen seien –« Fagan will protestieren; der Gedanke, als ein nicht mehr Vorhandener betrachtet zu werden, verletzt ihn und greift ihn ans Herz. Aber Ninette weiß auf alles zu antworten.

»Du begreifst, daß man in diesem Lande nichts von unseren Theaterberühmtheiten weiß; die Leute sind hier in allen Dingen so zurück. Da man auf Ehescheidungen schlecht zu sprechen ist, so wirst Du einsehen, daß dadurch die Verheiratung Rosas verhindert werden würde.«

Jetzt empört sich der Vater. »Wie, Rosa verheiratet sich, und ich weiß nichts davon?« Aber seine erwachsene Tochter beruhigt ihn schnell durch einen zärtlichen Druck auf seinen Arm. Sich verheiraten, nein, noch nicht. Ein Herr Remory, ein Amtsvertreter in Bastia, der Sohn eines Gerichtspräsidenten in Paris, man kann sich keine bessere Familie wünschen, macht ihr den Hof. Diese Verbindung ist La Posterolle deshalb sehr erwünscht, weil sie wahrscheinlich der Feindseligkeit zwischen der Magistratur und Administration von Bastia und Ajaccio ein Ende machen wird. Uebrigens sei noch nichts entschieden, und Herr Remory, der Vater, welcher in Paris lebt, würde demnächst bei Fagan offizielle Schritte tun, vorausgesetzt, daß der Skandal seiner Anwesenheit in Korsika nicht einen offenen Bruch herbeiführe.

»Aber es wird keinen Skandal geben,« erwidert der Vater bewegt, da er das Zittern seiner Rosa fühlt. »Ah, er hat also schon Dein Herz gewonnen, dieser Herr Amtsvertreter?«

Und da Rosa, anstatt zu antworten, dem Weinen nahe scheint, so beruhigt er sie sanft und zieht sie dicht neben sich auf ein Steinmäuerchen am Wege, während Nina sich auf die andere Seite seht und das Fräulein Schritte von ihnen entfernt, steif wie eine Salzsäule, im Mondschein Posten steht.

»Hört mich an, meine Lieblinge,« sagte der Vater, indem er die Hände seiner Töchter mit den seinigen liebkoste. »Ich gestehe, daß mein Schritt unklug war, aber man kann alles wieder gut machen. Man kennt mich im Hotel de France noch nicht, man weiß meinen Namen nicht; ich kann einen anderen annehmen und fünf bis sechs Tage hier bleiben, ohne daß mich jemand sieht; jedoch unter der

Bedingung, daß wir drei alle Abend unter der Obhut des Fräuleins einen geheimnisvollen Spaziergang wie diesen machen.«

»Aber was wirst Du den Tag über beginnen?« fragte Rosa, gerührt von seiner großen, ganz uneigennützigen Liebe. »Wenn ich Dir doch Gesellschaft leisten könnte!«

Ninette dagegen rief lebhaft: »Daran ist nicht zu denken, Schwester. Wie kann eine von uns in das Hotel gehen, da wir beide so bekannt sind?«

»Nein, meine Kinder, sorget nicht um meine Tage; ich werde eine Lösung finden. Vielleicht fahre ich mit den Sardinenfischern aufs Meer hinaus. Ich werde mit allem zufrieden sein, vorausgesetzt, daß ich am Abend meine Töchter wiedersehe und wir miteinander angesichts dieses magischen Himmels plaudern. Es ist so schön – es tut mir so wohl – ach, meine Lieben!«

In der Tat entschädigte ihn ein solcher Abend reichlich für Momente der Traurigkeit und der Einsamkeit. Ninette auf seinen Knien, Rosa an seine Schulter gelehnt, vor ihnen das silberne Meer, das unermeßliche Meer, das sich am Ufer mit dumpfem Brausen schäumend bricht. Draußen zur Rechten das wechselnde Licht des Leuchtturms von Sanguinaires, das bald grün, bald rot erscheint, und dazu der feuchte Atem der Nacht, die leichten, zitternden Schatten, der Orangen- und Zitronenduft aus den Garten von Barbicaglia, in denen der leise Fall reifer Früchte auf die Erde die Plauderer erschreckt! »Horch, ging da nicht jemand, dort – nein, hier –« und dann lachen alle drei, indem sie sich enger aneinander schmiegen.

Der Vater, der sich unter einem falschen Namen in dem Hotel de France eingeschrieben hatte, verbrachte den ganzen folgenden Tag in seinem Zimmer und verließ es nur, um ein Bad zu nehmen. An der Tür des Bades, das in Ajaccio wie in den meisten Städten des Südens nur wenig besucht wurde, begegnete er einem jungen Stutzer mit einem hellseidenen Sonnenschirm, welcher einen Affenpintscher von der Größe einer Ratte an der Leine führte.

»Der Teufel soll mich holen, wenn das nicht Fagan ist. Wie geht es meinem kleinen Schwerenöter, meinem berühmten Alten? Daß wir uns hier begegnen, das ist wahrhaftig Kaviar.«

Fagan, dem es sehr unangenehm war, auf diese Weise angeredet zu werden, während er sich versteckt halten wollte, zog den jungen Narren mit sich fort, der zu seinem Klub der »Maikäfer« gehörte und der daselbst einmal in einem seiner Stücke eine kleine Rolle gespielt hatte. Daher die Vertraulichkeit seines Tones, der Regis unter den gegenwärtigen Umständen und so fern von den Boulevards über die Maßen lächerlich erschien.

»Ich bitte Sie, Baron« – der Vater des kleinen Rouchouze war Baron, und sein Sohn entlieh nicht nur diesen Titel, sondern auch manches andere häufig von ihm – »ich bin hier in dem größten Inkognito, und Sie würden mich verbinden –«

»Verschwiegen wie das Grab, mein alter Ast. – Aber halt, da fällt mir ein – Frau La Posterolle – die Fräulein der Präfektur, diese reizenden Pusselchen – mein Kompliment, Bester, Ihre Töchter sind, – ah, Konfekt! Und wenn die Pique-Dame mich nicht bis auf die Haut ausgeplündert hätte, so würde ich Sie um die Hand der Jüngeren bitten. Ein wenig grün noch, aber ich liebe die unreifen Nüsse.«

Man mag sich vorstellen, mit welchem Blick der Vater den untersetzten, dicklippigen Baron maß, der fünfzig Jahre alt zu sein schien, obgleich er erst dreißig zählte, mit seinem fischleberfarbenen Teint und seiner Haltung eines englischen Kutschers, dessen blutrote Krawatte von einer Nadel in Gestalt eines ungeheuren Schweinskopfes aus Karneol zusammen gehalten wurde. Der ein Gatte für Ninette! Er beherrschte sich jedoch, da er der Verschwiegenheit des Gentlemans bedurfte, und erkundigte sich, weshalb er nach Korsika gekommen sei.

»Um wieder zu grünen, mein Guter. Infolge meines Pechs beim Rennen hat mich mein Pa gezwungen, wieder in die Bäder und Wälder zurückzukehren, die ich nach dem Tode meiner Mutter geschwänzt hatte, und so bin ich denn hier auf unbestimmte Zeit, in diesem Räuberland, mit hundert Franken monatlich, die mir der Staat gibt, und demjenigen, was ich mir abends im Klub der Gestrandeten zusammenkratze, wo es übrigens nicht leicht ist, zu Moos zu gelangen. Glücklicherweise bleiben mir noch die Diamanten meiner Alten. Uebrigens habe ich Firmin, den alten Klubjäger, mitgebracht, und das ist ein wahres Genie an Auskunftsmitteln, der seinen Brotherrn niemals Hunger sterben lassen wird. – Kommen

Sie einmal zum Frühstück zu uns, dort jene große Baracke« – er bezeichnete mit seinem Sonnenschirm ein hohes italienisches Haus, hoch über dem schwarzen Wasser im Hintergrund des Hafens – »fünf Zimmer im Zweiten Stock, geräumig wie der Vendômeplatz; meine Bedienung bilden der schon genannte Firmin und meine Köchin Seraphine, die reizende Frau eines Maultiertreibers von der Insel Rousse, die das größte Mundwerk von Ajaccio besitzt. Unter uns –« hier dämpfte der Baron seine Stimme und vertraute ihm mit der albernsten Stimme von der Welt, daß Seraphine bereit sei, ihm ihre Gunst zu gewähren, deren erste und kostbarste darin bestände, sich von ihrem glücklichen Herrn und Meister, der sie erwartete, ins Bad führen zu lassen.

»Ich brauche Ihnen nicht zu sagen, daß ich mir diesen Narren vom Halse halten werde,« schrieb Fagan, in sein Hotel zurückgekehrt, an Frau Hulin, die er über seine Reise auf dem Laufenden hielt. Aber wie sehr täuschte er sich, der arme Mann!

Durch den Willen seiner Töchter oder vielmehr den ihrer Mutter in sein Zimmer gebannt, aus dem er sich bei Tage nicht entfernen durfte, wurde er bald von einer tödlichen Langeweile befallen, die sich ihm wie ein erstickender Nebel auf die Brust legte und ihm jeden Gedanken, selbst die Möglichkeit zu arbeiten, raubte. Er stand spät auf, beobachtete durch die Stäbchen seiner sonnenheißen Jalousien das Einlaufen eines Schiffes, eines Bootes neapolitanischer Korallenfischer, dessen schief gestelltes hohes Segel Vogelschwingen glich, nahm ein Buch vor, ohne zu lesen, bis endlich, nach drei magern, ohne Appetit eingenommenen Mahlzeiten, um neun Uhr abends der Augenblick gekommen war, der ihn mit seinen Töchtern auf dem Weg von Sanguinaires zusammenführte.

Als daher am zweitnächsten Tag nach ihrer Begegnung der Baron Rouchouze mit einem ganz neuen Spiel Karten in der Tasche bei ihm erschien und ein kleines Spielchen zu einem Louis die Partie in Vorschlag brachte, kam in Fagan der alte Kartenklopfer, der er in seiner Jugend gewesen, in der Langeweile seines Hotelzimmers wieder zum, Vorschein, und das Spiel begann. – Toll genug, dreihundert Meilen zu machen, über das Meer zu kommen, diese duftige, malerische Felseninsel zu bewohnen und sich bei dicht verschlossenen Jalousien mit dem kleinen Rouchouze zu endlosen

Kartenpartien hinzusetzen, wenn man Regis von Fagan und Dramaturg des Theater Francais und des Vaudeville ist!

Gegen sechs Uhr brachte Firmin, frisch rasiert und feierlich von Kopf zu Fuß in Schwarz gekleidet, ein Glas Vichywasser für seinen Herrn, der jedesmal, wenn er das geleerte Glas wieder auf das Teebrett setzte, mit majestätischer Miene seinen Daumen gegen den Zeigefinger rieb, eine ausdrucksvolle Geberde, welche sagte: »Gib mir mal ein paar Louis«, denn den Baron verfolgte das Unglück, über das er sich jedoch mit dem Gedanken tröstete, daß er die Ehre hatte, durch einen berühmten Dichter geschlagen zu werden und indem er auf das profitablere Baccarat in seinem Klub den Gestrandeten zählte.

Am Arm seiner beiden Töchter und in der zauberhaften Umgebung, an der seine Augen sich nicht sättigen konnten, vergaß Fagan am Abend die Geistesöde seiner Tage. Er war immer der erste am Platze und hörte, auf irgend einem versteckten Felsen am Ufer des Meeres sitzend, schon aus der Ferne das Knarren der kleinen Stiefelchen auf dem Wege, die hellen, plaudernden Stimmen seiner Mädchen, die das Romantische und Geheimnisvolle ihrer Zusammenkunft belustigte.

»Ein wahres Stelldichein Liebender,« flüsterte Ninette.

Und Rosa: »Aber nur ein Liebhaber für Zwei.«

»Sogar für Drei – wenn wir das Fräulein mitzählen.«

Plötzlich stand der Vater vor ihnen, und dann gab es ein Erschrecken, ein leises, allerliebstes Aufschreien, und dann lange Küsse, ein Schwätzen und Erzählen über die Art, wie sie ihren Tag zugebracht, über die Visiten, die sie gemacht und empfangen, die Anprobe ihrer Toiletten zu dem großen Kostümball, welcher zur Fastnacht in der Präfektur stattfinden sollte. Ninette ging als Infantin nach Velasquez, in steifen Röcken aus hellfarbenem Atlas, Rosa als venetianische Edeldame mit rot gefärbten Haaren.

»Und daß ich Euch nicht werde sehen können,« grollte der arme Fagan, der sich über acht Tage gerade zu Fastnacht einschiffen wollte. »Ich habe große Lust, erst das nächste Paketboot zu nehmen.«

Er sagte das zögernd, da er seine Abreise schon einmal aufgeschoben hatte. Aber Ninette, die stets von der Mutter instruiert war, brachte ihn sanft von seiner Absicht zurück. Was würde dieser Aufschub ihm nützen, da er weder auf den Ball, noch sie in ihren Kostümen zu ihm auf sein Zimmer kommen könnten? Und um ihn vollends zur Abreise zu bestimmen, fügte sie hinzu: »Zudem würde Deine verlängerte Anwesenheit uns früher oder später wirkliche Unannehmlichkeiten bereiten. Du mußt abreisen, Väterchen, der Präsident Remory will nächstens bei Dir um die Hand Deiner Tochter anhalten, und Anthyme ist nicht –«

»Gut, gut, ich werde abreisen,« sagte der Vater, dessen mürrischer Ton weich wurde, als er zwei frische Lippen auf seiner Hand fühlte, den stummen Dank seiner großen Rosa.

O ja, diese liebte ihn wahr und aufrichtig; Ninette liebte ihn auch, aber sie war noch zu kindisch und stand unter dem Einfluß der Mutter und der unversöhnlichen Engländerin, dieser leidenschaftlichen Seelenretterin, die vom ersten Tag ihres Eintritts in Fagans Haus gegen ihn, den Pariser Kreolen, der lässig und skeptisch war, und durch das Theater an dem Verderbnis der Seelen arbeitete, Verachtung gezeigt hatte. Aber die Liebe seiner Rosa hatten weder das Gift der Seelenretterin noch die Verleumdungen der Mutter beeinträchtigen können; er fühlte, daß sie für immer sein war, und gewisse Herzensangelegenheiten bewahrte er für sie allein.

Eines Abends, als Ninette und die Gouvernante hinter ihnen zurückgeblieben waren, versuchte er von Pauline Hulin mit ihr zu reden, von der aufrichtigen Freundschaft, die diese Frau für ihn hatte. »Du beurteilst sie falsch, meine Tochter, aber Du wirst sehen, Du wirst sie eines Tages besser kennen.« – Rosa antwortete nicht und schaute in die Ferne, wie versunken in das wechselnde Licht des Leuchtturmes. »Weißt Du,« fuhr Fagan fort, »daß, wenn sie Witwe gewesen wäre, wie ich anfangs glaubte, ich sie wahrscheinlich geheiratet haben würde. – Hätte Dir das Kummer bereitet?«

»O ja,« murmelte das junge Mädchen mit zurückgehaltener Heftigkeit.

»Und warum?«

»Weil eine andere Frau zwischen meinem Vater und mir, eine andere Frau als Mama –«

»Indessen, auch Deine Mutter hat sich wieder verheiratet – es ist ein anderer Mann als Dein Vater im Hause, um Euch, um sie.«

»O, das ist aber nicht dasselbe, wenigstens nicht für mich.«

Fagan lachte halb ärgerlich.

»Deine Mutter hatte also das Recht, sich zu verheiraten, und ich habe es nicht? Du verurteilst mich dazu, Witwer zu bleiben, allein zu leben, während Du Dich selbst verheiraten willst, erst Du, dann Deine Schwester – Ihr alle werdet ein Heim haben, nur ich nicht. – Eine echt weibliche Denkungsart.«

Rosa schmiegte sich an ihn.

»Was willst Du? Ich bin eifersüchtig – diese Frau Hulin war mir vom ersten Tage an zuwider. – Ja, ich haßte sie als Deine – als Deine Freundin. Denke, wenn sie nun gar Deine Frau würde?«

Er war im Begriff zu antworten; aber Ninette näherte sich, und so sprachen sie von etwas anderem.

Siebentes Kapitel.

Der Sturmwind fegte die Straße von Sanguinaires, an der sich die schäumenden Wogen brachen und eine bewegliche breite weiße Borte längs dem Wege zogen, der schwarz wie die Nacht und noch einsamer als gewöhnlich war. Droben kein Stern. Den Aufruhr der unsichtbaren, grollenden See verriet nur das Licht des Leuchtturmes, das abwechselnd emporstieg und wieder verschwand, einem Zündhölzchen gleich, das, auf den Kamm der Wogen geworfen, sich hier wie durch ein Wunder brennend erhält.

»Bist Du es, Vater?« rief eine der Töchter Fagans beim Knirschen der Kiesel unter einem sich nähernden, eiligen Schritt.

»Ja, meine Kinder.«

Er war erstaunt, sie vor ihm auf dem Platze des Stelldicheins zu finden, und schrieb diese Eile ihrem Wunsche zu, am letzten Abend länger mit ihm zusammen zu sein; denn er reiste morgen um ein Uhr mit dem »General Sebastiani« ab.

»Welch böses Wetter Du haben wirst,« sagte Rosa fröstelnd; aber die jüngere Schwester wollte keine weiche Stimmung aufkommen lassen, »Wer weiß – bis morgen –«. Und sich an den Arm ihres Vaters hängend: »Laufen wir ein bißchen – bei diesem Wetter kann man nicht stille stehen.«

Der Sturm berauschte sie. Sie nötigte Vater und Schwester mit ihr zu laufen, gegen den Wind, und lachte über den Sprühregen, mit dem die Wellen sie bespritzten. »Laufen wir aber nicht zu weit,« rief sie, plötzlich anhaltend; »Du weißt, Rosa, wir müssen heute früh nach Hause.«

»Früh? Warum?« rief Fagan erschrocken.

»Wegen unserer Charade. Wir haben heut Generalprobe, im Kostüm. Morgen findet unsere Premiere statt.«

Der Zorn stieg in ihm auf; allein er bemeisterte sich schnell, weil er seinen Töchtern ein freundliches Andenken, ohne Beimischung, zurücklassen wollte. Er sagte daher nur ganz wehmütig: »Das ist aber nicht recht – gerade am letzten Abend –«

»Armer Vater!« sagte Rosa, und Ninette: »Höre, wir sind vor Dir hier gewesen – meine Schwester kann es bezeugen – wir haben gute zwanzig Minuten gewartet.«

Die ältere Schwester antwortete nicht, wohl fühlend, wie unwürdig und grausam dieses Feilschen um Minuten war. Alle drei blieben stumm und starr, keines fand ein Wort. Noch niemals hatte Fagan so wenig Mut zu leben, zu kämpfen, mit dieser Frau um seine Kinder zu streiten, gefühlt als in diesem Augenblick, am dunklen, sturmgepeitschten Strande. Sein Vaterherz stand eine Minute still, und es war eine furchtbare Minute, eine Minute der Todesangst, des Loslösens von allen irdischen Banden. Eine Liebkosung, Rosas, die seine Empfindung zu erraten schien, und eine geschickt angebrachte Aeußerung Ninettens entrissen ihn dieser moralischen Herzstockung, aber er bewahrte die Erinnerung daran und die Furcht vor ihrer Wiederkehr.

»Ist es wahr, meine Große, was Nina sagt, oder erfindet Ihr es bloß, um unseren Abschied weniger schmerzlich zu machen?«

»Nichts ist wahrer, lieber Vater – Herr Remory hat Aussicht auf eine Substitutsstelle in Versailles. Dann findet die Hochzeit in Paris statt, und Du wirst Deine Tochter in unmittelbarer Nähe haben.«

»Und dazu kommt,« fügte Ninette bei, »daß der Cousin in kurzem zum Staatsrat ernannt werden wird, so daß wir dann alle dorthin ziehen. – Wir werden uns oft sehen – nicht wahr? Und unsere hübschen Sonntagsfrühstücke – glaubst Du nicht, daß es reizend sein wird, sie wieder aufzunehmen?«

»O ja –« seufzte Fagan; und mochte es auch eine trügerische Hoffnung sein, sie milderte doch den Schmerz des Abschieds in der dunklen Nacht, in der er seine Töchter umarmte, ohne sie zu sehen.

Rosa hatte richtig vorausgesagt. Als er sich am folgenden Tage bei einem seinen, mit dem Wasserstaub der Brandung gemischten Regen einschiffte, ging das Meer hoch, selbst in der Tiefe des Hafens, dessen Damm unter den Wogen verschwand. Die Quais wurden jeden Augenblick von den sich überstürzenden Wellen bis zu den Häusern, in denen sich die Menge laufend und lachend flüchtete, überschwemmt. Allerhand Fahrzeuge liefen ein, Segel- und Dampfschiffe, Korallenfischer, Fischerbarken, einige hatten Havarie gelitten, alle flüchteten vor dem Sturm, dem furchtbaren Kampf zwischen Wind und Wellen, dessen Kanonendonner man beständig in der Ferne hörte; und dort auf der Rheede sah man einen großen, überseeischen Dampfer sich langsam nähern, der, von den aufschwellenden Wogen getragen, höher als die Dächer und wie in der Luft schwebend, erschien.

Wenn ein Paketboot dieser Größe von seinem Wege ablenkte, um im Hafen Schutz zu suchen, so dürfte der »General Sebastiani« sich nicht schämen, seine Abfahr bis zum nächsten Tage zu verschieben. Aber dann hätte er von einem anderen als dem kleinen, dürren, schwarzen Manne mit dem Profil eines Truthahns kommandiert werden müssen, der, seine Pfeife mit dem großen roten Kopfe, deren Rohr mehr Lärm als der Schiffsschornstein machte, zwischen die Zähne geklemmt, auf der Kommandobrücke wütend auf- und ablief und den zaghaften Passagieren, die sich an ihn wendeten, nur die eine Antwort gab: »Mag sich einschiffen, wer will, ich gehe mit den Pferden ab.« Er führte nämlich vierzig kleine, korsische Pferde, die gefesselt im Zwischendeck standen und schon vor Angst wieherten, nach Marseille.

Fagan, der das Meer kannte, da er oftmals die Ueberfahrt von Bourbon gemocht hatte, reizte diese Seemöwenreise, einen Flügel in der Luft, den anderen im Wellenschaum. Dazu kam seine trübe Stimmung, das Weh der Verlassenheit, das er heute mehr denn je empfand. Es waren Stunden, in denen man die Gefahr liebt und aufsucht, besonders die Gefahr der Elemente, die den Tod erhabener, gleichsam unpersönlich, wie den dunklen Schlund in der Vision der Apokalypse, erscheinen läßt. Während also die meisten der eingeschriebenen Passagiere ihre Reise aufschoben, nahm er von der besten Kajüte des ersten Platzes Besitz, und als der vom Sturm zerrissene Ton der Schiffsglocke erklang, begab er sich auf Deck.

Die von Menschen wimmelnden Quais, die alten, düstern Häuser, das weiße Türmchen des Hafendamms, alles entfloh, verkleinerte sich stoßweise, und je weiter sich der Hafen öffnete, je höher und schwerer wurden die Wogen, je näher hörte man das Donnern der Brandung. Bald erschien auf dem schwarzen Himmel der Felsen von Sanguinaires, der auf einer Spitze den Leuchtturm, auf der anderen den genuesischen Turm trägt, und dort, unter den dunklen

Laubmassen von Barbicaglia, schlängelte sich wie ein Band längs der Küste der Weg, der in Fagans Herzen zärtliche Gedanken an seine Töchter und an die mit ihnen dort verlebten, so schnell entflohenen schönen Stunden wach rief.

Dachten sie an ihren Vater oder nur an ihre Kostüme des heutigen Abends? Wie reizend Rosa in ihrem venetianischen Kostüm und die hübsche Ninette im Atlasgewande einer Infantin aussehen müßten! Welch ein Jammer, daß er nicht von einem dunklen Winkel aus etwas davon erblicken konnte, und wäre es nur so viel wie der Fußgänger erblickt, der stehen bleibt, um die in Mäntel und Kapuzen gehüllten Balldamen aus ihren Equipagen steigen zu sehen und die rasch Vorüberschreitenden beim Scheine der Festfackeln zu bewundern.

Eine furchtbare Woge, welche das Deck von einem Ende zum anderen überflutete und Bänke und Laufbrücke abriß, unterbrach Fagan in seinen Träumereien und warf ihn, obschon er sich an der Brüstung anklammerte, kopfüber auf die Treppe. Ein Geistlicher und zwei Offiziere, die mit ihm die ganze Schiffsgesellschaft bildeten, halfen ihm, sich erheben und sich trocknen; und als darauf Befehl gegeben wurde, die Luken zu schließen, saßen die Vier in dem dunklen, schimmeligen Salon, auf dessen Diwans die Waschbecken umherstanden, und sahen einander an. Die Erschütterung durch die Schraube hatte aufgehört, das Fahrzeug rollte von einer Seite auf die andere, mit einer langsam wiegenden Bewegung und mit einer Stille, die beängstigend war. Ein Koch, dessen Gesicht die Farbe seiner Mütze hatte, erschien in der halbgeöffneten Tür und sagte, indem er sich an das Treppengeländer klammerte: »Die Schraube ist zerbrochen. Man wird versuchen, Segel aufzuziehen, um nach Ajaccio zurückzukehren.« Und das Tragische der Situation wurde noch dadurch erhöht, daß fast sämtliche eingeschiffte Pferde bei dem furchtbaren Wellenstoß gefallen und kahlkniegig geworden waren, so daß man sie über Bord werfen mußte, wo nun die armen Tiere in dem schäumenden Kielwasser des Fahrzeuges, wiehernd mit gefesselten Hufen um sich schlagend, eine schwarze, unheimlich wühlende Masse bildeten. Es wurde bereits Nacht, als durch ein Wunder von Glück und Geschicklichkeit der »General Sebastian!«, der als Dampfer den Hafen von Ajaccio verlassen hatte, als Segelschiff daselbst wieder einlief. Eine violette, in Nebel ertränkte

Dämmerung umhüllte die Stadt, die von Lichtern, Geschrei und Gesang, von Trommeln, Petarden, Trompeten und Hörnern, dem ganzen Karnevalslärm eines italienischen Faschingsabends, erfüllt war, wozu das brausende Meer einen ununterbrochenen tiefen Baß abgab. Fagan wußte nicht, was er tun sollte, ob er in dem Wirrwarr, der Nässe und den geräuschvollen Ausbesserungsarbeiten an Bord bleiben oder in einer Nacht des Masken- und Volkslärms am Lande speisen und übernachten sollte, während ihm das Herz noch schwer vom Abschied war. Eines schien ihm so wenig verlockend wie das andere. Was seinen Entschluß, das letztere zu wählen, bestimmte, war der Gedanke, sich seinen Töchtern wieder zu nähern, die Hoffnung, die erleuchteten Räume ihres Balles von weitem zu sehen, ja vielleicht durch einen glücklichen Zufall seine Kinder noch einmal umarmen zu können.

Im Schlamm der Quais watend, die noch von Zeit zu Zeit von großen, beim Schein der Straßenlaternen fahl aussehenden Wellen bespült wurden, stieß er mit einem Manne zusammen, der ein Paket unter dem Arme trug,

»Wahrhaftig Fagan! – Wo kommen Sie denn her, mein berühmter Alter? Ich glaubte Sie auf und davon.«

»Sie sehen, ich komme eben an,« und nachdem er sein Abenteuer schnell berichtet, fragte Fagan: »Aber Sie selbst, Baron, wohin so eilig, beladen wie ein Schneiderlehrling?«

In der Tat war es für einen Gentleman, der, wenn man ihn hörte, Gott weiß wie viele Wettrennen mitgemacht hatte, keineswegs »Kaviar«, dieses große, in Kattun eingeschlagene Paket zu tragen. Und um vollends die Fassung zu verlieren, erinnerte sich der Baron plötzlich, daß er seinen berühmten Alten hatte abreisen lassen, ohne eine kleine Rechnung von fünfzig bis sechzig Louis, die er ihm vom letzten Ecarts her schuldete, geregelt zu haben.

»Nun, mein lieber Fagan, da Sie Ihren Abend frei haben, kommen Sie zu mir herauf und speisen Sie bei mir. – Nach dem Diner können wir noch ein paar Stunden Karten klopfen, denn die Bande wird mich erst spät abholen kommen.« Die Bande waren acht bis zehn junge Leute seines Klubs, die verkleidet und maskiert in den Salons von Ajaccio herumziehen wollten, wie es dort in den Karnevalsnächten Sitte ist. »Ich habe mir da gerade ein Mephisto-Kostüm geholt – geben Sie auf die zwei Stufen acht, mein Bester; da sind wir bei mir angelangt.«

Während sie die Treppe eines alten Hauses emporstiegen, dessen Rampe und Mauern von Wasser trieften, fragte Fagan, der bis dahin schweigend gefolgt war, den kleinen Nouchouze lebhaft:

»Werden Sie auf Ihren nächtlichen Streifereien auch die Präfektur besuchen?«

»Die Präfektur! Na und ob. Es wird dort getanzt und Komödie gespielt.«

»Nun, liebster Baron, dann verschaffen Sie mir irgend ein beliebiges Kostüm und machen Sie mir das Vergnügen, mich mitzunehmen.«

»Nichts leichter als das,« sagte der andere, der sich durch diesen Dienst seinem Gläubiger gegenüber, wieder ganz unbefangen fühlte. Die italienische Truppe des Theaters stände ganz zu seiner Verfügung, und man könnte von dem Bassisten Deotato – oder besser von dem Bariton Paganetti, der die Größe Fagans hätte, verschiedene Kostüme zur Auswahl erbitten. – »Ach, da bist Du ja, Firmin – Firmin, ein Kouvert – der Herr speist mit mir.«

Die Feuchtigkeit der Treppe schien auch die Wohnung ergriffen zu haben, deren hohe, aber spärlich und schmucklos möblierte Räume von der Witwe Limperani, der Mutter eines für mehrere Jahre abwesenden Schiffsgeistlichen, an den Baron Rouchouze vermietet worden waren. Muscheln, erotische Pflanzen, getrocknete Korallen und eine Fregatte in Miniatur schmückten den Kamin, Heiligenbilder die Wände, und überall, auf den Rückenlehnen der Sessel, auf dem gesprungenen Marmor der Konsolen, lagen gehäkelte Decken, während vor den Sitzen ausgebreitete Fußteppiche nur schlecht das abgetretene Rot des Ziegelbodens verbargen. Alles war kalt, schlecht erleuchtet, unbehaglich und erschien ärmlicher noch durch einen Geruch gebratener Zwiebeln, der von der Küche herkam. Der Gegensatz dieser Häuslichkeit zu der großsprecherischen Art des Mieters und seines majestätischen Firmin war im höchsten Grade komisch.

Diesem letzteren schien es peinlicher zu sein als seinem Herrn, einen Pariser in die Misere ihres Interieurs blicken zu lassen; um dieselbe zu verdecken, verdoppelte er die Würde und Korrektheit seiner Haltung und sprach sein: »Herr Baron, es ist aufgetragen,« mit einer Feierlichkeit, die freilich sehr überflüssig war, da man in einen Speisesaal ohne Feuer, ohne Gardinen, mit hohen schwarzen Fenstern, trat, durch welche die schwankenden Schiffslaternen im Hafen blinkten, und sich an einem Tische niederließ, auf dem eine Zwiebelsuppe zwischen einem Gericht gekochter Fische und der traditionellen dicken Milch, der bruccia, dampfte, ohne welche es kein korsisches Mittagessen gibt.

Ach ja, es war für den Herrn Baron aufgetragen, aber recht erbärmlich; indessen verhinderte ihn dies nicht, sich in die Brust zu werfen und, mit den kleinen, pfiffigen Augen zwinkernd, von seinen unzähligen Liebesabenteuern auf der Insel in allen Gesellschaftsschichten zu erzählen.

»Apropos, und Seraphine?« fragte Fagan, als sie wieder in den Salon gingen, wo der Kaffee auf dein Spieltisch zwischen den Zahlmarken und einem Spiel neuer Karten sie erwartete.

»Seraphine? O, mehr als jemals. – Ein ideales Weib, wissen Sie. – Man muß nach Korsika kommen, Poet! – Köchin, aber mit Beinen einer Diana, und alles kostet nicht so viel wie ein Rettich. – Aber warten Sie, Teuerster, Sie sollen selbst urteilen.

Auf den Ruf ihres Herrn erschien Seraphine, eine große, kräftige Person, mit dicker Taille und starken, aber schön geformten Beinen, die sich unter ihren dünnen, engen Röcken deutlich abzeichneten.

»Nimm mal das ab,« sagte der Baron, indem er das Tuch aufhob, welches sie über ihr Haar geworfen hatte und welches ihr Gesicht, eine niedrige, von einer langen Narbe durchquerte Stirn, braune Augen, große, harte und regelmäßige Züge verbarg.

»Mein Kompliment, lieber Freund,« antwortete Fagan auf ein bedeutungsvolles »He?« seines Wirtes. »Aber woher hat sie die hübsche Schmarre über den Augenbrauen?«

Die Frau hatte verstanden und sagte stolz: » Coltello del marito.«

»Ja, mein Lieber, dieser brutale Maultiertreiber in einer Eifersuchtsszene – ein Messerstich – arme Alte, geh!« Der Baron klopfte ihr mit der einen Hand die Hüfte, während er mit der anderen die

Karten abhob, denn er war schon ungeduldig, das Spiel zu beginnen und seine Revanche zu nehmen, um derentwillen er Fagan in seine Höhle geschleppt hatte.

Es wurde heftig geläutet. »Ohne Zweifel Ihr Kostüm,« sagte Rouchouze; aber er wurde plötzlich sehr bleich bei den schweren Schritten und dem groben, ogerhaften Lachen, welches auf dem Korridor und dann in der Küche ertönte, wo Firmin den Ankömmling hatte eintreten lassen.

» Il marito!« murmelte Seraphine, die sich beeilte, an ihren Herd zurückzukehren, während ihr der Baron heimlich zurief:

»Gib ihm tüchtig zu essen –«

»Sie scheinen beunruhigt?« fragte Regis seinen Wirt. »Ist es die Ankunft des Othello?«

»Nein – aber der Kerl verlangt jedesmal etwas, wann er kommt.«

Grobe, nägelbeschlagene Schuhe näherten sich in dem Korridor, und eine schwere Hand klopfte an die Tür. »Herein,« rief der Baron fast tonlos.

Herein trat ein bartloser Riese, mit einer Mähne bis auf die Schultern, einem rotseidenen Tuch lose um den kräftigen, runden Hals geknüpft, den die glühende Sonne des Gebirges nicht gebräunt zu haben schien, mit breiter, marmorharter Brust und ungeheuren Händen, die, schwarz wie Erde, dasjenige waren, was an seiner Person am meisten hervorstach. In diesen Händen drehte er eine alte Mütze von Affenfell.

»Was gibt's neues, Meister Palombo?«

»Nichts Gutes, Herr Baron –.« Und der Mann Seraphines erzählte ganz gelassen, daß im Monte Rodonto zwei seiner Maulesel, prächtige Tiere, von einem heftigen Gewitterregen ereilt worden, sich eine Erkältung zugezogen und ritsch, ratsch, alle beide an der Puntura gestorben seien; sie müßten sogleich ersetzt werden, oder der Handel in dieser Saison wäre zu Ende, er und seine Brüder ruiniert. Aber wo sollte er so viel Geld hernehmen, du lieber Gott! Da hätte er denn gedacht – Seraphine sagte, daß der Herr so gut zu ihr wäre –«

Während der Mann sprach, fixierten seine kleinen, in Hautfalten versteckten Elefantenaugen das Kopftuch Seraphines, welches auf der Armlehne des Sessels, in welchem der Baron Rouchouze saß, liegen geblieben war. Allmählich wurde seine Stimme schärfer, sein Ton unverschämter trotz der Süßigkeit seiner Worte, und der Baron, dem seine Blicke sowie die immer schärfere Drohung seiner Rede nicht entgingen, und der durch die Gegenwart des seidenen Lappens ebenso verwirrt war, als wenn der Mann ihn mit seiner Frau auf dem Schoße überrascht hätte, verlor den Kopf, stotterte aus Furcht und wollte wissen, was er für seinen braven, seinen vortrefflichen Palombo tun könnte, um ihm sein Maulesselpaar zu ersetzen.

»Achthundert Franken, nicht einen Seudo weniger.« Hier streckte der Maultiertreiber, der seinen Haupteffekt für den großen Moment aufgespart hatte, die Hand aus und sagte in strengem Tone: »Aber, gehört das da nicht Seraphinen?«

Der Baron zeigte ein völlig entstelltes Gesicht, und zu Fagan gewendet, sagte er mit leiser Stimme: »Im Namen der Barmherzigkeit, alter Freund, leihen Sie mir vierzig Louis, Sie bewahren mich vor einer Katastrophe –«

Er nahm das blau Bankbillet, das Fagan ihm reichte, und gab es Palombo mit wieder erlangter Unbefangenheit, indem er erleichterten Herzens sagte: »Achthundert Franken für Deine Maultiere, mein Bursche,, und den Rest für Deine Frau.«

Der Hallunke sackte das Geld ein, bedankte sich und kehrte nach der Küche zurück, wo man lange Zeit lautes Gelächter und das Brüseln der Bratpfanne vernahm.

Nach diesem Zwischenfall wollte der Baron das Spiel fortsetzen; allein sein Partner warf die Karten hin, indem er über den Tisch seine Hand nahm und in herzlicher, fast väterlicher Weise zu ihn: sagte: »Nein, mein Lieber, lassen wir's genug sein, ich bitte Sie darum.«

»Aber mein lieber –«

»Ich weiß, Sie wollen Ihre Revanche, aber ich will Ihnen einen besseren Vorschlag machen. Das Geld, das ich Ihnen seit zehn Tagen abgenommen habe, wiegt mir schwer in der Tasche, und darum haben Sie mich eben so bereit gesehen, Ihnen zu Hülfe zu kommen.

Lassen Sie mich dem noch einige Tausend hinzufügen, um Ihr hartnäckiges Pech –«

»O, Herr Fagan –« stammelte der arme Teufel mit vor Rührung verzerrten Lippen. »Welch ein Dienst, wenn Sie wüßten –«

Ohne seinen Satz zu vollenden und die Maske des Modenarren fallen lassen, fing er laut an zu weinen, das Gesicht in den Händen, wie ein großes Kind, das, er war. Plötzlich ertönte das Geklingel seiner Genossen unten den Fenstern.

»Da sind sie,« rief der Baron mit schon getrockneten Tränen, indem er aufsprang – »schnell, kleiden wir uns an.« Und die Beine in den engen Hosen Mephistos, murmelte er aus aufrichtigem Herzen, indem er die kleine Kopfbedeckung à la Dante befestigte: »»Ach, dieser alte Fagan – wahrhaftig, ein guter Kerl!« Aber Fagan antwortete nicht, da er völlig mit dem Anlegen seines Narrenkostüms, das ihm der Bariton Paganetti geliehen hatte, beschäftigt war.

Im Dunkel und Nebel des Quais hatten sich die verschiedenfarbigen Masken versammelt. Alle sprachen denselben Boulevardjargon der Klubs und des Stalles wie der kleine Rouchouze, der ihr Vorbild und Lehrmeister war. In dem korsischen Accent gelispelt, machte dieser Jargon ungefähr die Wirkung, welche die Pariser Moden, von den Frauen Otaheitis getragen, machen würden.

»Mein Freund Rigoletto,« sagte der Baron, seinen Gast vorstellend.

»Auf der Suche nach seiner Tochter,« fügte Fagan hinzu, um doch etwas zu sagen, Und der andere flüsterte ihm ins Ohr: »Nach seinen Töchtern –«

»Ja, das ist wahr, daran dachte ich nicht.« Und der Vater lächelte über dieses Zusammentreffen der ihm zugeteilten Rolle mit seiner wirklichen Lage.

»Womit fangen wir an?« fragte einer der jungen Leute, Fagan, dem es nicht ums Nachtschwärmen zu tun war, antwortete: »Mit der Präfektur.«

Nachdem man zwei oder drei schmale, aber trotz der Dunkelheit sehr belebte Straßen durchschritten hatte, langten die von Gassenbuben mit bunten Laternen und dem wohl hundertmal wiederholten Refrain eines lokalen Gassenhauers begleiteten Masken bei La Posterolle an, als die Charade eben zu Ende war. Ihr Eintritt in den Salon war äußerst lustig inmitten des allgemeinen Geräusches und des herzerleichternden Geschwätzes von Leuten, die, nachdem sie zwei Stunden gesessen hatten, sich erheben und in Bewegung setzen.

Ueberall Zurufe und Lachen, Geklingel der Kostüme, ein Gewirr von Farben, Agraffen und Federbüschen! Und während der Herr und die Dame des Hauses benachrichtigt wurden, überzeugte sich Fagan vor einem hohen, in die Wand eingelassenen Spiegel von der Umwandlung seiner Person, und daß er unter der Sammetmaske mit Spitzennarbe und der ungeheuren Halskrause, die ihm bis zu den Ohren hinaufging, völlig unkenntlich war. Nein, sogar seine Ex-Gattin würde ihn nicht erkennen. Er überließ sich daher mit fast knabenhafter Lust seinem Abenteuer, dem Vergnügen, seine Töchter zu überraschen bei diesem Teil ihres weltlichen Lebens, der ihm, dem Vater, verschlossen war.

Einer hinter dem anderen, den Baron an der Spitze, defilierten die Maske zunächst vor Herrn und Frau La Posterolle vorbei, alsdann in den Salons zwischen zwei Reihen Gästen hindurch. Als Regis, der letzte in der Reihe, bei der Hausfrau, so viele Jahre der seinigen, anlangte, hatte er einige Mühe, sie zu erkennen. Sie war seit ihrer letzten Begegnung stärker geworden, die Haare hätten wiederum die Farbe gewechselt und waren weiß gepudert, was einen hübschen Gegensatz zu den jung gebliebenen Schultern und Armen und dem kindlichen Ausdruck des schwammig werdenden Gesichts bildete. Indessen erkannte er sie doch bald an dem falschen Lächeln wieder, das wie ein Schlänglein vom Auge zum Munde züngelte, und dieses Lächeln verursachte ihm unwillkürlich ein Frösteln der Furcht. Sie hatte ihm so viel Böses zugefügt, sie konnte ihm noch mehr zufügen! Nachdem er sich bis zur Erde vor ihr verneigt hatte, ohne es zu wagen, sie anzusehen, ging er rasch an dem Manne mit dem dummstolzen Gesicht und dem hohl tönenden Schädel vorüber, der ihn auf dem Kissen Frau Ravauts ersetzt hatte.

»Jene Augen dort kenne ich,« dachte die Frau Präfektin, während die jungen Leute sich entfernten, und sich zu La Posterolle wendend, fragte sie: »Wer ist das?«

»Weiß nicht,« antwortete er ausweichend.

Und diese Frage: »Wer ist das? wer ist das?« hörte Fagan auf dem ganzen Wege zwischen den Spalier bildenden nackten Schultern, Blumen und Federn, schwarzen Röcken und goldgestickten Uniformen laut und leise wiederholen. Trotz ihrer Geschicklichkeit, sich zu verkleiden, und ihre Stimmen zu verstellen, hatte man alle anderen erkannt; vergebens schüttelten sie lachend die Köpfe, man nannte sie bei ihren Namen: »He, Fornoli; he Pepino – Guten abend, Baron.« Aber der große, der letzte, der sich zu sprechen hütete, und nur mit seiner Pritsche den Leuten unter der Nase herumfuchtelte, wer zum Teufel konnte das sein?

Er jedoch dachte nur an seine Töchter und war verwundert, sie nicht zu sehen. Wo waren sie? Vielleicht wechselten sie das Kostüm nach der Charade. Schon ging er mit sich zu Rat, wie er es anstellen sollte, sie zu erwarten, ohne die Neugierde noch mehr zu erregen, als beide, seine Rosa und seine Ninette, und wie entzückend! am Eingang des zweiten Salons erschienen. Noch immer van dem Zuge geführt, den er weder beschleunigen noch durchbrechen konnte, flüsterte er im Vorbeigehen der jüngeren »Guten Abend, reizende Infantin« zu mit einer Stimme, daß das junge Mädchen unter dem bebänderten Atlas ihrer langen Taille erbebte und die Wahrheit ahnend, die Augen ihres Vaters suchte, welche jedoch schon von ihr weg und nach der großen Schwester schauten.

Mit rotblonden Haaren, die bis auf ihren Rock von schwerem Damast herabfielen, sah Rosa am Arme eines hübschen Burschen mit ganz jungem Gesicht, aber vollständiger Glatze, den Maskenzug vorüberziehen; und siehe, plötzlich fühlt sie auf ihrer, von einem langen Handschuh bekleideten Hand den Kuß einer Sammetmaske, während eine befreundete Stimme, die Stimme eines, den sie abgereist, am Tage vorher zu Schiff gegangen glaubt, ihr zuflüstert: »Gute Nacht, schöne Dogaresse.« Im tiefsten ergriffen, will sie ein Wort erwidern, allein die Pritsche Rigolettos, die einen Moment dicht neben ihr erklingt und dann über den Köpfen der Menge wie wahnsinnig geschwenkt wird, ist nach der Seite des Gartens bereits verschwunden. Sie will Gewißheit haben, sucht überall Ninette und findet sie endlich in dem ersten Salon in großer Beratung mit Frau La Posterolle, die unter ihrer Schminke sehr bleich geworden ist.

Mit ihrem häßlichsten Lächeln, spitz wie ein Pfeil, sagt sie ganz leise, als spräche sie zu den Federn ihres Fächers: »Ich werde mich rächen, Kinder – ich schwöre Euch, daß er mir das bezahlen soll!«

Dann stimmt die Musik einen Walzer an; es entsteht eine Bewegung, die Herren engagieren, die Paare ordnen sich, und die drei Damen, Mutter und Töchter, von den verschiedenartigsten Gefühlen bewegt, schwingen sich im Takte des Tanzes.

Achtes Kapitel.

Bei seiner Rückkehr nach Paris erfuhr Regis von Fagan eine grausame Enttäuschung, indem er alle Jalousien des Erdgeschosses dicht verschlossen und den Garten leer fand.

Pauline Hulin war abgereist mit ihrem ganzen Hausstand, ohne daß Anthyme, der doch Zeuge dieser Abreise gewesen war, ihm die geringste Auskunft geben konnte. Annette, die Kammerfrau, hatte zu ihm gesagt: »Wir machen uns davon.« – »Wohin denn?« – »Nach Havre.« Und das war alles.

Fagan vermochte es nicht zu glauben. Nach Havre! Was sollte sie nach Havre führen, da ihr Mann dort lebte? »Aber er ist wieder hier gewesen, ihr Mann,« sagte Anthyme, »und Annette glaubte sogar, daß er gekommen sei, um den Kleinen mit sich zu nehmen – dann ist er aber allein fort und Madame zwei Tage nach ihm.«

Was sollte er glauben, was mutmaßen?

In seiner Angst verbrachte er die ersten Tage ohne auszugehen, in der Erwartung eines Briefes oder in der unbestimmten Hoffnung, daß er eines Morgens beim Oeffnen seiner Fenster den kleinen Moriz im Garten spielen sehen würde, die Augen nach dem Zimmer seines Freundes erhoben. Aber nein, der von Kinderspielen verlassene Rasenplatz erschien ihm jeden Morgen größer, und in der ringsum führenden Allee, die er mit seiner geliebten Pauline so oft in endlosen süßen Gesprächen gewandelt, sproßte Gras zwischen dem Kies, als Zeichen der Oede und Verlassenheit.

Einmal jedoch, als sein Diener plötzlich und hastig ins Zimmer trat, schlug Regis das Herz hoch auf. Er glaubte, daß Anthyme ihm Nachrichten brächte.

»Nein, Monsieur, aber da ist etwas viel Seltsameres – die heutigen Morgenzeitungen erzählen, daß Monsieur verrückt geworden sei.«

Indem der Diener dies in jenem besonderen Ton übler Laune sagte, in welchem er von den nicht beifällig aufgenommenen Stücken Fagans sprach, öffnete er weit die Fenstervorhänge und reichte seinem Herrn die Notiz, welche die beiden am meisten gelesenen Pariser Blätter abgedruckt hatten. Dieselbe enthielt in fast gleichlautenden Ausdrücken die Mitteilung, daß infolge des Sumpffiebers, welches den berühmten dramatischen Schriftsteller Regis von Fagan auf Korsika ergriffen, derselbe geisteskrank geworden sei; auf einem Ball in Ajaccio hätten sich die ersten Anzeichen kundgegeben.

»Ah, die Schändliche!« schrie Regis. Er hatte Erfindung und Stil seiner Frau wiedererkannt; und als er darauf, ganz außer sich, Anthyme eine Reihe einander widersprechender Befehle in einem so brüsken Ton erteilte, wie er ihm sonst nicht eigen war, überraschte ihn in dem erschreckten Gesicht des armen Burschen ganz deutlich der Gedanke: »Sollte der Herr wirklich verrückt geworden sein?« Dieser Blick des Dieners war eine schnelle Lehre für ihn, die seine Haltung in der Oeffentlichkeit bestimmte.

Hätte er seiner heftigen Natur nachgegeben, so wäre er auf die Redaktionen gegangen und hätte wütend und mit lauter Stimme eine Richtigstellung verlangt, wodurch er die durch den Druck verbreitete Schändlichkeit nur bekräftigt hätte.

Andererseits durfte er die Ruhe und Gleichgültigkeit nicht übertreiben, da man nicht verfehlen würde, daraus einen Zustand von Lethargie zu folgern.

Bei seinem Erscheinen in den beiden Redaktionen machte man ihm platte Entschuldigungen; die Nachricht wäre ihnen per Kabel aus Ajaccio selbst zugegangen. Eine Richtigstellung würde morgen sofort erscheinen und, sofern er es wünschte, ließe sich leicht eine Nachforschung anstellen. – Eine Nachforschung, wozu? Das hieße einem Bubenstreich, einer Mystifikation, zu viel Wichtigkeit beilegen. Und in den Redaktionen wiederholte man diese Worte: Bubenstreich, Mystifikation, indem man ihm forschend in die Augen blickte und seine Rede und seine Geberden einer scharfen Beobachtung unterwarf. Ah, das elende Weib verstand es, ihre Leute zu vergiften. Gegen jede andere Verleumdung konnte man sich verteidigen, Beweise beibringen, aber diese! –

Den ganzen Tag über zeigte sich Fagan auf dem Boulevard und erregte neugieriges Erstaunen darüber, daß er frei umherging, daß er draußen war in der Sonne der Freien und Lebenden. Er hatte also entwischen können! – In seinem Klub empfing man ihn zu herzlich, zu entgegenkommend, wie einen Freund, den man beinahe nicht mehr zu sehen gehofft hatte. Er dinierte, plauderte geistreich, versprach ein Stück für das nächste Jahresfest, und nachdem er den Abend in zwei oder drei Theaterfoyers zugebracht hatte, kehrte er wieder in den Klub zurück, um die Stunde, zu welcher die jungen Zierbengel, die Nacheiferer des Barons Rouchouze, hier zur Fütterung kamen, und saß bis zum Morgen am Spieltisch, um zu beweisen, daß er nicht irrsinnig war.

In seine Behausung zurückgekehrt, öffnete er das Fenster nach dem Garten. Der Tag brach an. In der Krone der großen Ulmengruppe, die kaum sichtbar war, sang eine Meise im Morgennebel, in den die Spitze ihres schlanken Schnabels die Arabesken ihres Gesanges zu zeichnen schien. Von Traurigkeit und Mutlosigkeit erfüllt, versank Fagan in ein langes Nachdenken. Wie einsam fühlte er sich in diesem Paris, dessen Pflaster er nun den ganzen Tag getreten hatte! So viel männliche und weibliche Gesichter, und nicht ein Wesen darunter, das ihm gehörte! War es diese unendliche Mutlosigkeit oder der Morgennebel, der das feine Tuch seines Anzuges durchdrang? Ihn fröstelte, er schloß das Fenster, ergriffen von einem unerklärlichen Unbehagen, welches, weit entfernt, ihm ein Bedürfnis nach Ruhe und Schlaf zu bringen, sein Gehirn übermäßig erregte, und ihn einen langen Brief an seine älteste Tochter beginnen ließ, die einzige Seele, in die er sich rückhaltlos ergießen und so wieder Geschmack am Leben gewinnen konnte.

»Ich will Dich, meine geliebte Rosa, nicht einen Tag länger in dem Glauben an die schreckliche Nachricht lassen, welche die Zeitungen Euch gebracht haben müssen. Nein, Gott sei Dank! weder wahnsinnig noch vom Wahnsinn bedroht! Dein Vater ist der, den Du immer gekannt hast, freien Geistes, klaren Auges, an einem Stück arbeitend, ein anderes bereits im Kopfe. Einen Tag und eine Nacht habe ich daran geben müssen, um mich überall und zu allen Stunden in Paris zu zeigen und mein geistiges Gleichgewicht zu beweisen. Heute morgen bringen die Zeitungen die Richtigstellung, und morgen spricht kein Mensch mehr davon. Diejenigen, die mich durch diese Perfidie zu vernichten suchten, haben den großen Irrtum begangen, zu glauben, daß es in unserer Zeit möglich wäre, einer so bekannten Persönlichkeit wie der meinigen das Schicksal des unglücklichen Sandou zu bereiten, jenes Advokaten, den man unter dem zweiten Kaiserreich für wahnsinnig ausgab und zehn Jahre in einem Irrenhaus eingesperrt hielt. Ah, wenn ich mich rächen, Nachforschung nach den Urhebern anstellen lassen wollte, wie man es mir vorschlug, welche Falle für diese Schlechten und Dummen! Allein der Haß nimmt mir zu viel Zeit. – Ich habe mein ganzes Leben der Arbeit gewidmet, und das ist ein Glück, siehst Du. Ich bin so allein, ich habe nicht einmal mehr jene Nachbarschaft, die mir bisher das Wehgefühl des leeren Hauses ersparte. Frau Hulin ist verreist, mit ihrem Kind, wahrscheinlich, um dem Vollzug des unbilligen Gesetzes zu entgehen, durch welches es dem Vater überantwortet werden soll. Dieser Rechtsanwalt Malville ist doch sonst ein vernünftiger Mann. Wie hat ihm und seinen Assessoren denn nur bei dem Urteilsspruch der Trennung die Idee kommen können, die schreckliche Klausel hinzuzufügen, daß der Knabe von seinem zehnten Jahre bis zur Beendigung der Studien unter der väterlichen Leitung stehen soll? Welche Aussicht für die arme Mutter! Wenn man nun den kleinen, schwächlichen Pensionär in ein entferntes Lyzeum brächte und besonders strenge Maßregeln träfe, um ihn der Ueberwachung und den Zärtlichkeiten der Mutter zu entziehen – wer weiß, ab man nicht gar schlechte Instinkte und einen Geist der Widersetzlichkeit in ihm entdeckt, die es nötig machen, ihn in Mettray einzusperren, in diesem Gefängnis, das man Familienhaus nennt, oder ihn auf ein Schulschiff zu schicken, und dann die Abfahrt, das Exil. – Arme Frau Hulin, wie sehr verstehe ich, daß sie ihr Kind entführt hat, um es in irgend einem Winkel zu verbergen!

»Während dessen bin ich nun aber einer zarten Frauenfreundschaft beraubt, die mir jeden Tag teurer wurde, und auch des kleinen Moriz, dessen vertrauliches Geplauder mich belustigte. Mit seiner drolligen Frühreife, wie sie kranken Kindern eigen zu sein pflegt, seinen Schmeicheleien und seiner mädchenhaften Grazie erinnerte er mich an Dich in jenem Alter, insbesondere an den Tagen, an denen Du ein wenig hustetest und das Haus hüten mußtest und an meinen Schreibtisch lesen kamst. Wie stolz Du dann warst, mir die großen, schweren Bücher zu bringen und mir arbeiten zu helfen, indem Du mir einen Bleistift, einen Federkasten reichtest.

»Und Ninette, erinnerst Du Dich, wie sie auf dem Teppich saß, nicht höher als ein Kohlkopf, und Papas Bibliothek ordnete, wobei sie die Bücher in die Quere stellte, die Titel nach unten, die Autoren durcheinander, kurz einen Wirrwarr anrichtete, den Anthyme mir aber respektieren mußte. – Und von diesen göttlichen Albernheiten, diesen Erinnerungen, die ich in einem Winkel meines Herzens bewahre, war die Stimme des kleinen Moriz mir wie ein Echo; ich hätte nie geglaubt, daß er mir so fehlen würde.

»Zeichen des Alters, mein Liebling. Ja, ja, des Alters. Ich gehe in das fünfundvierzigste Jahr, das Alter, wo der physische Mensch nicht mehr von seinen Renten lebt und sein Kapital der Tage und Gesundheit anzugreifen beginnt. Die Kräfte erneuern sich nicht mehr; jeder Kummer gräbt eine Runzel, jede Erregung stumpft die Nerven ab und erschlafft sie. Es ist traurig, meine liebe Kleine, aber der beste Teil des Lebens liegt hinter mir, meine größten Erfolge sind errungen; von jetzt an ist es nur ein allmähliches Abnehmen des Muts und der Chancen, und auf seinen Fersen fühlt man eine wild vorstürmende, ruhmgierige Jugend.

»Ach, man wird in unserer Zeit bald ein alter Gaul, und als alter Gaul weder Herd noch Familie zu haben, ist hart.

»Wenn Du wüßtest, wie traurig nur mein Heim in dieser Stunde, in der ich Dir schreibe, erscheint, während ich von meiner Nacht im Klub ganz gebrochen bin und der Garten beim Morgengrauen in Nebel gehüllt ist! – Und wie schön wäre es, wenn im Nebenzimmer geliebte Wesen schlummerten, Frau und Kinder, die man durch zu lautes Auftreten zu wecken fürchtete. Aber nichts, niemand; nicht einmal unter mir.

»Du wirst sagen, daß ich das alles gehabt habe, einen Herd, eine Familie, sie aber nicht zu bewahren verstanden hätte.

»Aber wer trägt die Schuld? Ich habe mich nie beklagt, niemals etwas zu Dir gegen Deine Mutter geäußert, die sich nicht derselben Zurückhaltung befleißigt hat. Ich möchte aber doch, daß Du wüßtest, wie ich mich geopfert habe, und daß es unbillig ist, was das Tribunal auch darüber gedacht haben mag, daß ich allein bleibe, immer allem, während Deine Mutter –

»Aber mein Gott, ich spreche zu Dir, meine große Rosa, von Juristen in einem seltsamen Ton – zu Dir, die bald einen solchen heiraten wird und einen von sehr guter Figur, so viel mir schien in der Faschingsnacht in Euren offiziellen Salons. Auch der Vater, der mir vorgestern Visite machte, hat mir sehr gut gefallen: ein starker Mann, nicht zu majestätisch für einen Präsidenten, geistreich, kluge

Augen, langer weißer Bart, der dem Palais großes Aergernis gibt, und von demokratischer Gesinnung, der er sein merkwürdig schnelles Avancement verdankt. Aber keinen Heller Vermögen. Es ist gut, daß ich schon lange an die Mitgift meiner großen Rosa gedacht habe; ohne mich auf geschäftliche Einzelheiten einzulassen, kann ich Dir sagend daß ich Dir die Tantiemen meiner beiden erfolgreichsten Stücke, »Die verzauberten Gärten« der Komischen Oper und »Herr und Frau Dacier« der Comédie Française überlasse, das heißt, wenigstens zwanzigtausend Franken jährlich. Der Vater Deines Gastan schien befriedigt. Ich zeigte ihm das Album, in dem sich Deine und Deiner Schwester Porträts im verschiedenen Alter befinden; er war davon entzückt und sprach schon von Ninetten als für seinen Jüngsten, der sich in Saint-Cyr vorbereitet.

Ueberlasse Dich also, meine liebe Tochter, ganz Deinem Glück, die Sache ist abgeschlossen, man müßte denn durch Herrn von Malville, mit dem ich eine Zusammenkunft habe, erfahren, daß Herr Remory, der Vater, von Noumea entflohen und für außerordentliche Dienste zum Präsidenten befördert worden sei. Ich hätte damit anfangen müssen, Erkundigungen einzuziehen, aber dieser Malville, der einzige vom Pariser Gerichtshof, den ich kenne, arrangiert in Lille ein großes Wagnerfest, von dem er erst in einigen Tagen zurückkehren wird. Und dann, wenn alles stimmt, meine Kinder sobald als möglich verheiratet sind, dann werde ich Euch von einem Plan, einem Traum sprechen, der mich verfolgt. – Aber warum sollte ich es Dir nicht gleich sagen, unter der Bedingung, daß die Sache unter uns bleibt, wenn sie Dir nicht ausführbar erscheint.

»Was würdest Du davon denken, wenn wir zusammen in Versailles wohnten? Bei der Ernennung Gaston Remorys handelt sichs wahrscheinlich nur um Wochen, gerade die Zeit, um sich zu verheiraten und nicht weit vom Park ein reizendes Haus, zwei Etagen zwischen Hof und Garten, zu mieten. Ich richte mich in der zweiten ein, Ihr in der ersten, jeder für sich, Küche apart, doch so, daß man in dem großen, unteren Saal zusammen speisen kann. Siehst Du nicht, welch glückliches Leben das für mich sein würde?

»Meine Tochter ganz nahe zu haben, ihren Schritt, ihr Lachen zu hören, würde viele böse Tage einbringen, die ich fern von ihr verleben mußte.

»Und für Euch wie bequem!

»Der arme Vater wird Euch nicht genieren. Wollt Ihr ihn haben, klopft Ihr an die Decke; fühlt er sich übrig, flugs geht er hinauf. Und wenn ein Baby kommt, wie angenehm an den Abenden, wann Ihr ausgehen wollt. Wer behütet, überwacht das Haus, das Kind, die Leute? Der Großvater. – Und inzwischen arbeitet der Glückliche, fern von störenden Besuchern, von Leuten, die ein Darlehen wollen, Schauspielern, die um eine Rolle bitten, Direktoren, die zur Vollendung des Stückes unter seiner Feder drängen, in der Stille und Zurückgezogenheit für die Mitgift Ninettens.

»Nein, nie in meinem Leben hätte ich so viel Freuden gehabt, und da ich Dein braves Tochterherz kenne, glaube ich, daß Du Dich hierdurch wiederum beglückt fühlen würdest.«

Auf diesen Brief ihres Vaters antwortete Rosa von Fagan umgehend:

»Wir haben uns sehr gefreut, zu vernehmen, lieber Vater, daß die Zeitungen einen Irrtum begangen haben, und Du keineswegs geisteskrank gewesen bist. Aber lasse Dich von Deiner großen Tochter ein wenig schelten und gestehe, daß, wenn Dein Verstand intakt ist, Deine Handlungen nicht immer die eines ernsten Mannes sind. Deine Erscheinung in der Präfektur in der Faschingsnacht mit den jungen Leuten war, wie Du selbst einsehen wirst, gegen jede Schicklichkeit, und Mama und der Cousin, die Du in eine so peinliche Lage versetztest, haben gerechten Grund, Dir deshalb zu grollen. Verzeihe mir, daß ich es sage, aber in Deinem Alter ist das Leben, das Du führst, doch etwas zu sehr nach dem Zuschnitt eines Vaudevilles. Das Wort stammt von Gaston, der Dich jedoch von ganzem Herzen liebt und Deine Stücke bewundert.

»Aber in den Gassen als Maske mit dem kleinen Rouchouze herumlaufen, in ein Haus dringen, das Dir aus so vielen Gründen verschlossen ist, wahrlich, Väterchen –. Und dann, man hat Herrn La Posterolle gesagt, daß Du seine Heirat und Deine Scheidung zum Gegenstand einer Komödie machen willst. Wäre das möglich?

»Nach dieser wohlverdienten Schelte wollen wir von freundlicheren Dingen sprechen. Deine Absichten in bezug auf meine Mitgift haben mich tief gerührt. Die Einkünfte Gastons hinzugenommen, werden wir ein wahres Herrenleben führen können. Aber wie schade, daß Deine Idee des gemeinschaftlichen Lebens nicht ausführbar ist! Es wäre entzückend bei der Liebe, die wir für einander haben; indessen stellen sich tausend Dinge, an die Du nicht gedacht hast, dieser Gemeinschaft entgegen. Ach, wie viel Entbehrungen und Widerwärtigkeiten legt uns doch das Leben auf! Wenn Du immer unter uns wärst, wie sollte Mama es machen, um mich zu sehen, ohne sich beständig einer Begegnung mit Dir auszusetzen? Und diese Begegnungen würden Dir ebenso wenig angenehm sein, als sie in den Augen der Welt, selbst der Domestiken, schicklich wären. Auch der Cousin müßte sich jedes Besuches enthalten, wenn er Dich nicht nötigen wollte, sofort zu verschwinden, wenn er erscheint; und ohne von meinen Gefühlen zu sprechen, ist Gaston gezwungen, Herrn La Posterolle viel bei sich zu sehen. Ihm haben wir das Avancement, die Heirat zu verdanken.

»Wenn er Staatsrat geworden ist und Mama und er mit Ninette in Paris wohnen, werden wir beständig bei einem oder dem anderen zusammen sein. Dein Traum, mein lieber Vater, war also ein Traum, verscheuche ihn und denke nicht mehr daran und tröste Dich, indem Du Dir sagst, daß Deine Töchter Dich trotzdem oft besuchen werden, nicht allein an den beiden Sonntagen, wie das Gesetz angeordnet.

»Gaston weiß übrigens nichts von Deinem Plan. Es wäre ihm, der so dankbar für alle Deine Güte gewesen ist, zu schmerzlich gewesen, nein zu sagen. Er beauftragt mich beiläufig, Dich um einen kleinen Dienst zu bitten. Es handelt sich darum, den Preis der Perlen für den Brautschmuck zu erfahren. Ich möchte drei Schnüre mit einem Rubin geschlossen. Tue Dich um, lieber Vater, erkundige Dich. Du findest am Schlüsse dieses Briefes eine Liste von verschiedenen anderen kleinen Kommissionen, und ich brauche mich kaum zu entschuldigen, verwöhnt wie ich bin durch den besten, zärtlichsten Papa.«

Die letzten Zeilen las er nur undeutlich durch die Tränen, welche ihm die Augen füllten. Armes Kind, dieser herzlose Brief voll moralischer Sentenzen war nicht von ihr. Man hatte ihn ihr diktiert, ihr die Hand geführt, und er sah hinter Rosa, wie sie vor ihrer blauseidenen Schreibmappe saß, die verräterisch lächelnde Miene von Frau

La Posterolle, er hörte ihre trockene Stimme verbessern und den Sätzen die boshaftesten Wendungen geben.

Ja, bei Gott, aus ihrer Geschichte ließe sich ein schönes Stück herstellen! – Ein Stück, in dem alle Väter weinen würden, vielleicht auch einige Mütter, und das den Titel führen müßte: »Vater Goriots Scheidung.«

Neuntes Kapitel.

»Ich weiß nicht, mein Herr, ich werde nachsehen.«

Fagan konnte nicht umhin, die Unverfrorenheit des Dieners zu bewundern, der nicht wußte, ob sein Herr zu Hause sei, während drinnen unter dem Krachen aller Saiten eines Klaviers die Stimme des Rechtsanwalts Malville ein Stück aus der letzten Partitur seines Lieblingskomponisten heulte, miaute, wieherte, brüllte. Der Mann kam zurück und sagte, unberührt von dem musikalischen Lärm, der die Fenster zittern machte: »Wenn der Herr sich hinein bemühen wollen.«

Der Rechtsanwalt Garin von Malville, der am Klavier saß, wendete dem Eintretenden ein langes, nervöses Gesicht zu, das wie alle Gesichter, die der Schmerz gefurcht und ausgearbeitet hat, kein bestimmtes Alter verriet. Die Augen waren erloschen, und der in diesem Augenblick weit aufgesperrte Mund glich in seiner Verzerrung ein wenig dem großen Arbeitszimmer, in welchem bestäubte Partituren und juristische Bücher stoßweise auf allen Möbeln und am Fußboden herumlagen, so daß man nicht wußte, wohin man treten sollte.

»Regis, mein Freund, hören Sie das mal – aus dem zweiten Akt von Tristan und Isolde –die Liebesszene – Isolde – Geliebte –«

Auf einem Haufen Bücher sitzend, ließ Fagan geduldig diese Harmoniedouche über sich ergehen, wohl wissend, daß nichts den Narren verhindern konnte, sein Stück zu Ende zu singen, wobei er sich jeden Augenblick durch ekstatische Ausrufe und bis zur Wollust sich steigernde Leidenschaft unterbrach! »Das ist Morphium, mein Bester, Morphium, das berauscht und einwiegt, – Endlich – Endlich–«

Als Tristan und Isolde endlich erschöpft sich aus ihrer Umarmung gelöst hatten, erkundigte sich der musikwütige Jurist, auf seinem Klaviersessel sich hin und herdrehend, nach Fagans Arbeiten, nach seiner Gesundheit: »Nicht sehr gut, was? – Ja, man sieht es – das Junggesellenleben, das Künstlerleben. – Warum haben Sie nicht das Beispiel Ihrer Frau befolgt? Sie hat sich wieder verheiratet

– die Freche! Das ist eine, die ihren Wagner verleugnet, – Und Ihre Töchter? Erzählen Sie mir von Ihren Töchtern.«

»Das ist es gerade, Herr Rechtsanwalt –«

Seine Aelteste würde in kurzem heiraten, in eine Beamtenfamilie, in die der Remorys, und er rechnete darauf, daß Herr von Malville ihm über die Ehrenhaftigkeit dieser Leute Gewißheit geben würde. Der Rechtsanwalt schnalzte mit seiner langen, glatt rasierten Oberlippe.

»Remory ehrenhaft? – Ja, wenn Sie wollen, aber Beamter neuester Schicht, der durch keine Hierarchie durchgegangen ist – übrigens der einzige unserer Präsidenten, der einen Bart trägt, während der erste Präsident den seinigen beim Antritt seines Amtes abscheren ließ aus Achtung vor dem Gerichtshof. – Sie sehen also nun klar über Ihren Remory; und wenn der Sohn dem Vater gleicht –«

Hierauf folgte eine Schilderung des Pariser Gerichtshofes in bezug auf die alten und neuen Schichten, die so ausführlich und umfassend war, daß Fagan, der schon nicht recht aufgelegt und ein wenig fieberisch war, sich rasch zurückgezogen haben würde, wenn ihm nicht eine Frage, ein wahres Postskriptum seines Besuches, auf den Lippen geschwebt hätte, die er fast erst im Fortgehen anbringen konnte. Es handelte sich um eine gewisse Affäre – Hulin – ja wohl, das war es, Hulin – eine gerichtliche Trennung, deren sich der Rechtsanwalt vielleicht erinnerte.

»Ob ich mich erinnere! Hulin aus Havre – ein famoser Bariton, ein Mann, der seinen Bach von allen Franzosen am besten kannte – an Wagner biß er weniger an; dennoch hatte er mir versprochen, der arme Teufel, dieses Jahr nach Bayreuth zu kommen.«

»Was denn? – was ist ihm begegnet?«

»Er ist tot, ganz einfach.«

»Tot! und seit wann?« stotterte Fagan mit einer Stimme, welche plötzlich sehr ernst geworden war.

»Seit einem Monat etwa; er schrieb mir am vierten morgens, und am Abend desselben Tages erschoß er sich in seinem Bette mit seinem Dienstrevolver. – Ah! ein leidenschaftlicher Mensch, das, ein Fanatiker der Liebe –.« Und auf sein Steckenpferd zurückgebracht, begann der Rechtsanwalt wieder mit verzerrtem Munde und verdrehten Augen zu gröhlen:

»Iso-o-olde! Geli-i-i-ebte!« während Regis, bestürzt und verwirrt, zwischen Partituren und Diktionären hindurch die Türe gewann.

Tot! Nun erklärte sich alles, die Abreise Paulinens und zwar wirklich nach Havre, ihre Abwesenheit, zu der das Ordnen des Nachlasses sie genötigt hatte. Einige Monate formeller Trauer, und die anbetungswürdige Frau konnte die seinige werden. Nichts stellte sich ihrer Verbindung mehr entgegen. Etwa Rosas Eifersucht? Bah, das war eine Kinderei, die durch Küsse, durch ein Armband mehr für den Hochzeitskorb sich leicht geben würde. Tot! Tot! War es möglich, daß aus einem so düsteren Wort so viel Freude hervorgehen konnte? Er phantasierte, sprach, während er von dem Rechtsanwalt fort und die Straße Saint-Pères nach dem Quai hinunterging, ganz laut mit sich selbst. Was Alter, fehlende Zähne, gelichtete Schläfen! Vor zwanzig Jahren, als er an jenem Tage von seiner Braut kam, an dem die Eltern zu ihm gesagt hatten: »Sie willigt ein und wir auch,« war sein Schritt nicht elastischer gewesen, war ihm der Himmel nicht schöner erschienen, als an diesem graurosigen Aprilabend mit den feuchten Trottoirs, dem ersten Vogelgesang, dem ersten grünen Hauch auf den Bäumen der Tuilerien.

Auch in seinem ganzen Wesen sproßte es, aber heftig, mit Herzschlägen, mit einer Beklemmung, deren Ursache er zu ergründen suchte, und die wahrscheinlich von der wärmeren Luft, von dem nahenden Lenz und besonders von dem unverhofften Glück herrührte, welches sich ihm jetzt eröffnete. Schon sah er die großen, blauen Augen als ein süßes Geständnis in Tränen schwimmen, schon das Kleid, das sie an jenem Tage tragen würde; er nahm in Gedanken den Tee in dem kleinen Salon mit dem Gefühl, daß er dort zu Hause sei und sich nicht mehr daraus entfernen müsse. Und all diese lieblichen Träume, welche ihm im Gehen vorschwebten, spiegelten sich so sichtbar auf seinem Antlitz wieder, daß er einige Male wahrzunehmen glaubte, man beobachte ihn und sein Lächeln errege das der Vorübergehenden.

In der Rue de la Paix blieb er an einem Schaufenster stehen, weniger um die Schmuckgegenstände zu betrachten, als um seinen Gedanken ungestört nachhängen zu können, als ein: »Pardon, verehrter Meister,« das von zwei Stimmen, einer männlichen und einer weiblichen, gesprochen wurde, ihn sich rasch umdrehen ließ. Vor ihm stand ein Schauspielerpaar, Herr und Frau Couverchel, die seit zwanzig Jahren verheiratet waren und durch ihre gegenseitige Zärtlichkeit und Bewunderung die Legende der Boulevards bildeten. Die Frau, welche früher am Vaudeville engagiert und feit zwei Jahren krank gewesen, war vergessen und ersetzt worden, und nun gab es nichts Rührenderes als die Art, wie der Mann sich bei Fagan um eine Rolle für sie verwandte, von ihrer Schönheit, ihrem Genie sprach, und mit bewundernden Blicken auf das arme, entstellte Gesicht seiner Frau niederschaute, deren Augen ihm mit dem doppelten Stolze des Weibes und der Künstlerin zärtlich dankten. Nachdem die Rolle zugesagt, dem Manne eine andere versprochen war, sah Fagan sie in gleichem, freudigem Schritt davon gehen, nicht wie ein modisches Paar, getrennt mit schlenkernden Armen, sondern Arm in Arm und recht dicht aneinander geschmiegt; man fühlte es, daß der Tod allein sie trennen konnte. Und das waren Schauspieler, oberflächliche, eitle Seelen, deren Torheiten und Kindereien er oft genug verspottet hatte! Ja, bei einfachen Leuten, da gab es noch die erträumte ideale Ehe. Ach, wenn Pauline wollte, wie viele schöne Jahre könnten sie beide vereint noch leben, den Menschen und der Welt zum Trotz.

»Der Herr ist doch nicht krank?« waren die ersten Worte Anthymes bei dem seltsamen Aussehen Fagans, als dieser am Abend in seiner entfernten Wohnung anlangte.

O nein, durchaus nicht krank, nur immer diese fieberhafte Glut, diese Beklemmung der Brust, als ob er ersticken sollte. Und während er bei Tische sitzt, fangen auf einmal Tischtuch und Servietten sich um ihn her zu drehen an, es klingt ihm in den Ohren, er will ans Fenster, er erstickt, und das dumpfe Geräusch eines Falles ruft Anthyme herbei, der seinen Herrn wie tot am Boden liegen findet.

An einem klaren, sonnigen Nachmittag erwachte Regis in seinem Bette, ohne sich Rechenschaft darüber ablegen zu können, wie lange er in der Bewußtlosigkeit, aus der er kaum zu sich gekommen war, gelegen hatte, einer Bewußtlosigkeit voll Fieberphantasien, in denen er bald Feuersbrünste und rote Blutlachen, bald Leichen Ertrunkener in grünlichem Wasser gesehen, das je nach seiner Bluttemperatur eisig oder glühend heiß gewesen war. Von diesen wirren Vorstellungen hatten sich zwei Bilder deutlich abgehoben: seine Töchter, die das eine Mal lieb und zärtlich gewesen waren, und dann wieder mit harten Gesichtern und trockenen Auges ihn leiden und sterben gesehn hatten, ohne ihm die Hand oder einen Tropfen Wasser für seinen Durst zu reichen. Endlich kehrte er wieder in die Wirklichkeit zurück. Er blinzelte ein wenig vor dem langen Sonnenstreifen, der den hellen Teppich seines einfach möblierten Zimmers vergoldete und der von dem halbgeöffneten Fenster ausging, über welches die Vorhänge so weit zusammenfielen, daß nur ein Teil der Baumkronen mit den darin hüpfenden Vögeln sichtbar blieb.

Ganz dicht am Fenster sitzt eine Frau in tiefer Trauer, die, dem Lichte zugewendet, sich über ihre Arbeit beugt. Von seinem Bette aus sieht Fagan nur einen weißen Nacken und eine Haarflechte mit goldenen Reflexen, aber er hat Pauline Hulin und Moriz erkannt, der auf einem Bänkchen zu ihren Füßen lesend sitzt. Nach all den düsteren, beängstigenden Visionen verursacht ihm diese Erscheinung ein solches Entzücken, daß er fürchtet, sie wie die anderen verschwinden, sich in die Luft auflösen zu sehen. Er schließt die Augen und öffnet sie wieder und findet dasselbe, von dem einfallenden Sonnenstrahl verklärte Bild wieder; jetzt aber hat Moriz den Kopf erhoben, und ihre Blicke begegnen sich, lächeln sich an, und ganz frei, ohne Krücke, stürzt sich das Kind in die Arme seines Freundes. Auch Pauline nähert sich ihm mit ausgestreckten Händen, und bei dem raschen, forschenden Blick, den Regis über sie gleiten läßt, findet er sie ein wenig blässer, das Gesicht in dem Trauerputz schmäler geworden, und mit einem neuen Ausdruck der Niedergeschlagenheit in den gütigen, offenen Zügen. In seinem geschwächten Zustände weint er und küßt ihre Hände: »Meine Freundin – meine Freundin –« Dann sie an sich ziehend und die Stimme dämpfend, weil das Kind anwesend ist: »Und frei – endlich frei!«

Aber sie macht sich los: »O nein, Regis, nicht das – sprechen wir niemals davon.«

Es ist wahr, das Drama, welches sich kürzlich vollzogen, machte diese keusche Zurückhaltung begreiflich, und so sprach er sofort von etwas anderem und wollte wissen, wie lange sie zurück sei. –

Eine Woche, wirklich? – eine ganze Woche neben ihm, ohne daß er sie erkannt, ihre Nähe gefühlt hätte! – Am Abend ihrer Rückkehr hatte sie den armen Anthyme ganz ratlos und auf der Suche nach einer Krankenwärterin gefunden; da hatte sie sich der Stunden erinnert, die Regis am Bette ihres Kindes zugebracht, und sich selbst als barmherzige Schwester bei dem Schriftsteller installiert, bis die Fräulein von Fagan, welche sie benachrichtigt hatte, sie ablösen kämen.

»Ach ja, meine Töchter – wo sind sie denn?« Er regte sich auf, seine Wangen brannten. Frau Hulin suchte ihn zu beruhigen – Anthyme hätte gleich in den ersten Tagen depeschiert. Aber Korsika wäre weit, das Meer vielleicht stürmisch und niemand zu ihrer Begleitung da. – Und wer weiß? Unter den während seiner Krankheit angekommenen Briefen könnte auch einer von seinen Töchtern sein.

Und wirklich befanden sich unter den auf das Bett ausgeschütteten Briefschaften zwei kleine Billette von Ninetten, welche Frau Hulin dem ungeduldigen Vater, der zu schwach war, um sie selbst zu entziffern, laut vorlas. Wie sie betrübt war, die arme Ninette, in ihrem ersten Brief über die plötzliche Erkrankung ihres Vaters und den Abgang des Geschwaders, wie sie aber doch hoffte, daß ihr Vater schnell genesen und das Geschwader bald wieder zurückkommen würde. Rosa wäre mit dem Cousin in Bastia, um von dem jungen Remory Abschied zu nehmen, der im Begriff war, auf den Kontinent zurückzukehren. Der zweite Brief kündigte die nahe Ankunft der Geschwister in Paris in Begleitung von Herrn und Frau La Posterolle an. Die Fräulein würden dann sogleich ihr liebes Väterchen besuchen. Folgten noch gesundheitliche Ratschläge in bezug auf die Frische des Abends und den Nebel im Garten nebst der Empfehlung eines gewissen Flanells aus Mufflonwolle mit der Adresse des Fabrikanten.

»Sehr freundlich,« murmelte Fagan, der, während er zuhörte, das blonde Seidenhaar des kleinen Moriz streichelte, »sehr freundlich, aber ich hätte mehrmals sterben können, ohne sie zu sehen.« Frau Hulin erwiderte nichts, aus Furcht, einen Schmerz zu vergrößern, der, wie sie wohl sah, ein tiefer war, und ihn mit dem Kinde allein lassend, ging sie in das anstoßende Zimmer, in das Anthyme sie schon seit einer Weile durch energische Geberden gewinkt hatte.

Das Fräulein war da, ein langes, hageres, bebrilltes Wesen, welches sich nach dem Befinden des Herrn von Fagan erkundigte.

»In wessen Auftrag?« fragte Frau Hulin.

»Im Auftrage seiner Töchter,« versetzte die Engländerin hochmütig.

»So, sind sie in Paris?«

»Wahrscheinlich –«

Pauline senkt die Stimme, um von dem Vater nicht gehört zu werden:

»Es geht Herrn von Fagan besser, doch wenn er durch andere als durch seine Töchter selbst deren Anwesenheit in Paris erführe, so könnte das seinen Tod zur Folge haben. Sagen Sie das den Fräulein.«

Die Gouvernante maß Pauline von oben bis unten, was diese durch einen hellen Blick erwiderte. Dann drehte sich jene auf ihren viereckigen Schuhen kurz um und verließ ohne Wort und Gruß das Gemach.

Seit drei Tagen hatten sich die La Posterolle, in Erwartung der Heirat der Tochter und der Ernennung des Familienhauptes zum Staatsrat, in einem Familienpensionat einquartiert. Der erste Gedanke Rosas, sobald sie abgestiegen, galt ihrem Vater, und sie wäre mit Ninetten augenblicklich zu ihm geeilt, wenn nicht die Mutter, die diese Eile eifersüchtig machte, Einwendungen erhoben hätte. Die Krankheit könnte ansteckend sein, besonders für Leute, welche weit her, aus gesunder Luft kämen. Man sollte abwarten, sich erkundigen –. »Aber Mama, wir haben uns erkundigt. – Die Lungenentzündung ist nicht ansteckend.« – Worauf Frau La Posterolle mit majestätisch gekniffenen Lippen einer gewissen Person erwähnte, deren Begegnung bei Herrn von Fagan ihre Töchter, gegen alle Konvenienz, sich aussetzen würden.

»Du meinst Frau Hulin?« fiel Rosa ein. »O, das ist lange zu Ende, – Ich glaube sogar, daß sie gar nicht mehr in Paris ist.«

Um sich davon zu überzeugen, schickte die Mutter das Fräulein nach dem Boulevard Beauséjour, und diese kam so befriedigt van dort zurück, daß sie den Damen, die sie auf dem Balkon des Familienhotels erwarteten, schon von weitem Zeichen mit ihrem Sonnenschirm machte.

»Frau Hulin hat mich in Person empfangen,« sagte sie triumphierend.

Und die Mutter: »Ich wußte wohl, daß es nicht zu Ende ist.« Tief gekränkt sagte dann Rosa in gleichgültigem Tone: »Da er diese Dame zur Pflege hat, braucht er uns nicht.«

»Um so weniger, als es ihm viel besser geht,« setzte das Fräulein hinzu.

»Wir werden ihn also nicht besuchen?« fragte Ninette ihre Schwester beunruhigt.

»Geh, wenn Du willst – ich nicht.«

»Du hast unrecht,« sagte die Kleine, die an eine Menge Interessen dachte, um die sich ihre ältere Schwester nicht im geringsten kümmerte; aber es gelang ihr nicht, deren Entschluß zu ändern.

Tage vergingen. Regis konnte noch nicht das Bett verlassen, aber das milde Frühlingswetter, die Verjüngung der Natur beförderten seine Genesung. Er begann, im Bette sitzend, Besuche zu empfangen, der Doktor verbot ihm jedoch zu sprechen. Er verbrachte die langen Tage, indem er mit Moriz Domino spielte oder Pauline zuhörte, die ihm in dem Halbdunkel des frischen, ruhigen Zimmers vorlas, oft begleitet von dem wollüstigen Girren einer Taube, die auf dem Zink des Fensterbrettes trippelte. Zuweilen unterbrach der Kranke die Lektüre, indem er ganz laut und mit zusammengezogenen Augenbrauen dachte: »Was kann nur vorgefallen sein? – Warum schreiben sie mir nicht?« Der Gedanke an seine Töchter marterte ihn; aber einige Worte seiner Freundin, eine vage Erklärung, welche sie aufs Geradewohl hinwarf, beruhigten ihn wieder, weniger durch deren Stichhaltigkeit, als durch den sanften Ton ihrer Stimme und den hiermit harmonierenden Zauber ihres Blickes.

Niemals, seitdem sie sich kannten, hatte er diesen Zauber so sehr empfunden, obgleich Pauline nichts dazu tat, im Gegenteil ihre

Hände zurückzog, sobald er sie fassen wollte, ihre früheren Unterhaltungen über Leidenschaft und Ehe vermied, – namentlich die geringste Anspielung auf die jüngsten Ereignisse, den Tod Hulins, ihre Reise, alles, was Regis lebhaft interessierte, ohne daß er danach zu fragen wagte.

Eines Tages jedoch, als sie allein waren, Pauline am offenen Fenster stickend und jeden Augenblick in den Garten hinabsehend, den der spielende Knabe mit Lust und Leben erfüllte, seufzte Fagan in seinem Bette: »Ach, dieser Garten – wie sehr bewegte es mich, ihn leer zu finden, als ich aus Korsika heimkam.« Und da sie nicht antwortete: »Warum schrieben Sie mir nicht ein Wort, eine Zeile, ehe Sie gingen?«

»Ich reiste in solcher Bestürzung ab,« sagte Frau Hulin, ohne von ihrer Arbeit aufzusehen. »Die Depesche meines Schwiegervaters, in der es hieß: »Hulin liegt im Sterben, kommen Sie rasch,« hatte mich so ergriffen. Anfangs wollte ich es nicht glauben, ich hielt es für eine Falle. – Auch ging ich zuerst allein nach Havre und schickte das Kind mit Annetten in die Vogesen. Indessen hatte die Depesche nicht gelogen, als ich ankam, war er tot.«

Noch nie hatte sie soviel gesagt. Aber was er besonders zu wissen wünschte, weshalb ihr Mann nach jener schrecklichen Szene wieder hergekommen war, darüber bewahrte sie gänzliches Schweigen; und er, den argwöhnische und allerhand seltsame Gedanken quälten, begnügte sich mit der zaghaften Frage: »Wissen Sie, warum er sich erschossen hat?«

Worauf sie mit Anstrengung: »Nein, ich weiß es nicht – vielleicht, weil er dieses Leben voll Haß und Schwierigkeiten, aus denen nicht herauszukommen war, satt hatte. Ach, der Unglückliche –«

»Mit welchem Mitgefühl Sie von ihm sprechen,« murmelte Fagan. »Sollten Sie ihn noch geliebt haben?«

Immer ohne ihn anzusehen, versetzte Pauline: »Glauben Sie, daß er sich getötet, wenn ich ihn geliebt hätte? – Nein, nein – aber ihn auf dem Bette liegend zu sehen, den Mund von Pulver geschwärzt, während noch zwei Tage vorher – –«

»Zwei Tage vorher? –«

Sie hatte sich erhoben, ohne den Satz zu vollenden, und neigte sich eine Minute zu dem unten spielenden Kleinen hinaus.

»Und der Vater, der arme Vater,« fuhr sie sich niedersetzend fort, »wenn Sie ihn an diesem Totenbette, an der Leiche seines Sohnes gesehen hätten, Sie würden ihn ebenso bemitleidet haben wie ich. – Die wenigen Tage in Havre brachte ich bei ihm zu, ohne ihn zu verlassen, ohne mir selbst die Zeit zu einem Briefe zu nehmen. Uebrigens wußte ich nicht, daß Sie zurück seien, und dann –«

Sie blickte wieder hinaus: »Mein Gott, ich sehe Moriz nicht –«

Eine Klingel auf der Treppe kündigte Besuch für Fagan an. Frau Hulin pflegte in solchen Fällen in das anstoßende Zimmer zu treten, um jeder böswilligen Auslegung ihrer Anwesenheit vorzubeugen; sie packte daher in aller Eile ihre Nähgeräte zusammen, um sich zu entfernen, aber er machte ihr ein Zeichen, zu bleiben. Die Unterhaltung interessierte ihn er wollte bis zu Ende hören.

Da wird eine Türe zugeschlagen, leichte Schritte nähern sich, und in das hastig geöffnete Zimmer ruft Moriz triumphierend: »Da sind sie – Rosa und Ninette.« Er hat sie durch die Glastür klingeln gesehen, und ganz glücklich sowohl um seiner selbst als um Regis willen, klatscht das Kind in die Hände, wirft seiner Mutter einen Kuß zu und läuft Ninetten entgegen, welche, den Kopf hoch erhoben, bis zum Kinn verschleiert, den Kleinen mit einer gleichgültigen und zerstreuten Miene beiseite schiebt.

»Wir sind es, Vater.«

Sie ist in der Mitte des Zimmers stehen geblieben und mißt Frau Hulin mit einem Blick, wie, wenn sie nicht erwartet hätte, sie hier zu finden.

»Meine Kinder! – meine Kinder! –« ruft Fagan freudig überrascht mit ausgebreiteten Armen. Aber, Rosa, die eben eingetreten ist, bleibt unbeweglich wie ihre Schwester stehen.

»Nun, meine Kinder, was habt Ihr?« ruft Fagan erschrocken.

»Was wir haben, mein Vater?« – Es ist Rosa, welche spricht, eine Hand auf der Schulter der jüngeren Schwester, die andere mit einer pathetischen Geberde ausgestreckt.

»Was wir haben, mein Vater? So viel, daß wir, Ninette und ich,, nicht eine Minute länger hier bleiben werden, wenn Du jener Frau nicht befiehlst, sich zu entfernen.«

Pauline Hulin wollte ihren Knaben, der sich schon zur Mutter geflüchtet hatte, nehmen und hinausgehen, aber Fagan hielt sie, sich lebhaft im Bette aufrichtend, am Arm fest: »Hinausgehen, Sie, die Hingebende, Unermüdliche, Sie, die mich gepflegt, gerettet haben, als ich von allen verlassen war? Jene werden vielmehr hinausgehen, die schlechten Töchter, die mich ohne ein Wort, einen Blick hätten sterben lassen –.« Pauline versuchte ihn zu unterbrechen. »Ja, ich weiß, Sie verteidigen sie immer – ihre Jugend, ihre Schwäche, die Ratschläge ihrer Umgebung. Ich habe es lange geglaubt, aber es ist zu Ende. Schlechte, erbarmungslose Geschöpfe! Ach, wie haben sie an mir gehandelt! Mit Messerstichen haben sie mir das Herz durchbohrt'«

Dann wurde er plötzlich wieder weich, Augen und Stimme nahmen einen veränderten Ausdruck an: »Rosa, meine Große, ich beschwöre Dich – bitte diese hochachtbare Dame, die Du so ungerecht beschimpft hast, um Verzeihung – tue es, meine Rosa –«

Frau Hulin protestierte mit Würde und Stolz; aber er fuhr fort:

»Ja, ja, es muß sein, ich will es – es sind meine Kinder, sie müssen mir gehorchen. Du hörst, Rosa – Ninette, ich befehle Dir –«

Ein Schwanken der Aelteren verriet sich in der Bewegung ihres langen, gebrechlichen Körpers, aber die Eifersucht siegte.

»Nein, das tue ich nicht – niemals.«

»Und Du, Ninette, mein Liebling?«

»O ich – ich halte es wie meine Schwester.«

Da brach er aus: »Gehet denn, schlechte, undankbare Geschöpfe – und daß Ihr mir nicht mehr unter die Augen kommt! Ich bin von meiner Frau geschieden, ich werde es auch von meinen Kindern sein. Sagt es Eurer Mutter – niemals mehr – hört Ihr? – niemals mehr –«

Sein Antlitz zeigte tiefe Furchen, seine Stimme wurde heiser, und indem er, Paulinens Hand noch immer festhaltend, auf das Kissen zurücksank, röchelte er: »Niemals mehr,« während Rosa schluchzend hinausging und Ninette ihr trockenen Auges und mit empörter Miene folgte.

Zehntes Kapitel.

Ganz am Ende der Allee des Observatoriums, unter dem dichten Laub der Kastanien, schritt an einem Juninachmittag Frau La Posterolle ungeduldig auf dem Asphalt hin und her, während auf den zerstreuten Bänken längs desselben müßiges Volk und Galgengesindel herumlagerte. Die Dame, welche von den Strümpfen bis zum Sonnenschirm ganz in Schwarz gekleidet war, wozu ihre weiß gepuderte Ahnfrauenfrisur einen scharfen Gegensatz bildete, schien wenig empfänglich für das schmeichelhafte Erstaunen der Bummler und Studenten, die, auf dem Wege zu dem in der Nähe wähnenden Fechtmeister, sich nach der alten Person mit den herausfordernd jugendlichen Augen und den selbstgewissen, festen Schritt eines Schiffskapitäns auf seiner Kommandobrücke herumdrehten. Jeden Augenblick sah sie nach der mikroskopischen Uhr ihres Lederarmbandes und murmelte zornig: »Fünf Uhr – fünf Uhr zehn – fünf Uhr zwanzig« – sich fragend, wie lange sie noch zu warten haben würde, als Fagan mit dem langsamen, schwankenden Schritt des ersten Ausganges am Ende der Allee erschien.

Da er sich hartnäckig weigerte, seine Töchter nach dem Eklat ihres Besuches zu sehen, hatte seine Exgattin dieses Stelldichein zum Zwecke der Regelung gewisser Angelegenheiten, Rosas Heirat betreffend, von ihm bewilligt erhalten, und Pauline Hulin, die, immer gütig und verständig, ihn seinen Kindern wieder zu nähern suchte, ihn bis zum Luxemburg begleitet, wo Moriz und sie auf ihn warteten.

Als Frau La Posterolle ihn von weitem kommen sah, bleich und abgemagert, den seinen Schnurrbart fast ganz ergraut, eilte sie mit einem kleinen Lachen, welches ihren grausamen Gedanken: »Ist der klapperig geworden!« verriet, ihm entgegen, um sich sogleich mit einer Miene des Interesses und ihren beliebten Schäkereien an ihn zu schmiegen. Er, der all ihrer Verrätereien bis zu der letzten, des Bruchs mit seinen Töchtern, gedachte, fühlte Verachtung und Zorn, und in seiner Schwäche Furcht wie vor einem bösen Dämon, einem tückischen Kobold, der sich in dem Dunkel der Allee versteckt hielt.

»Gut, daß Sie gekommen sind,« begann sie, neben ihm hergehend, indem sie ihren Schritt dem seinigen anpaßte. Da es die

Schicklichkeit verböte, daß sie zu Fagan, noch dieser zu ihr käme, so hätte sie an ihre alte Allee gedacht, um ihre gemeinsamen Interessen zu regeln –

Er unterbrach sie lebhaft: »Warum haben Sie sich nicht an meinen Rechtsanwalt gewendet? Mit ihm ist alles abgemacht.«

»Und ich habe daran Ihren großmütigen Charakter erkannt –.« Aber es handelte sich nicht nur um Geld, sondern hauptsächlich um die Anordnung der Hochzeitstafel, des Brautzuges und die Bestimmung, wo der Ehekontrakt unterzeichnet werden sollte.

Bei ihm wie bei ihr hätte es die gleichen Inkonvenienzen. Sie hätte daher an die Remorys, die Eltern des jungen Mannes, gedacht. Ihm wäre das recht? Gut – dann zu etwas anderem. Die Trauung – wohlverstanden eine kirchliche – würde in der Madelaine stattfinden, und Rosa wünschte über alles, am Arm ihres Vaters in die Kirche zu treten.

»Sie weiß, was sie zu diesem Zweck zu tun hat,« sagte Fagan, plötzlich stehen bleibend mit gebieterischer Geberde.

Die Dame blinzelte mit den Augen.

»Wohl einige Zeilen der Entschuldigung an Frau Hulin, wie?«

»Unbedingt.«

»O, dazu wird sie sich gern verstehen. Man hält zu sehr auf den Arm des berühmten Vaters –!« Das sagte sie mit besonderer Betonung, um ihm zu bedeuten, daß es nur eine Frage der Eitelkeit und nicht der Liebe war. Dann setzte sie lächelnd hinzu: »Weniger begünstigt als meine Tochter, werde ich den Arm des Präsidenten Remory nehmen.«

»So werden wir alle beide anwesend sein?« fragte Fagan betroffen.

»Wie anders, da wir unsere Tochter verheiraten.«

Er schritt eine Weile stumm dahin; dann murmelte er: »Wunderlich trotz alledem. – Und Ihr Gatte, La Posterolle –« fragte er in ironischem Ton.

»Eben La Posterolle – ich wollte gerade von ihm sprechen. Als meine:. Mann und Rosas Stiefvater ist es, schwer, ihn auszuschließen – zudem hat er die Partie zustande gebracht. Bevor Gaston Remory in die Magistrat«! eintrat, war er Attaché in seinem Kabinet. Finden Sie daher nicht, daß er in dem Brautzug mitgehen müßte?«

»Ich habe nichts dagegen einzuwenden.« – Dann versank Fagan plötzlich in tiefes Nachdenken und ließ die Frau an seiner Seite schwatzen,, mit ihren Armbändern und ihrem Sonnenschirm spielen, und die Familie Remory, den Präsidenten, die Präsidentin und jenen kostbaren Eleven von Saint-Cyr, der Ninette umschwärmte, nach Herzenslust preisen. »Noch eine Hochzeit in Aussicht, lieber Freund; eine Gelegenheit zu neuen Rendezvous unter unseren hohen Bäumen. – Ich liebe sie, diese hohen Bäume – und Sie?«

Er antwortete nicht, beschäftigt mit der Aussicht auf eine endlose Reihe dieser traurigen Zusammenkünfte, bei denen er seine frühere Gattin, jedesmal gealtert und verwandelt, immer boshafter und mit einer Stimme, die immer meckernder wurde, am Ende der breiten Allee erscheinen sah.

Sie rief ihn zum Bewußtsein der Gegenwart, indem sie ihn plötzlich fragte:

»Und Sie, mein lieber Fagan, wann gedenken Sie sich wieder zu verheiraten? Es steht nichts mehr im Wege, meine ich, da Herr Hulin tot ist.«

Er zitterte und sah sie forschend an.

»Ah, Sie wissen also?«

»Vieles, was Ihnen unbekannt ist, wette ich.«

Aus der Krümmung ihres Mundes und ihrem Seitenblick entnahm er, daß sie ihn verwunden, recht tief verwunden wollte. Aber eine böse Neugierde stachelte ihn.

»Was denn, reden Sie. Was ist mir unbekannt?«

»Nun, zum Beispiel, warum der Mann der schönen Pauline sich das Leben genommen hat. Ich bin überzeugt, daß Sie keine Ahnung davon haben. – Nun, er hat sich getötet – es sind seine eigenen Worte in einem Abschiedsbrief an einen Freund – weil er ein Glück ohne Morgen nicht überleben konnte. – Verstehen Sie? – Nein, nicht wahr?«

Er hatte so gut verstanden oder zu verstehen geglaubt, der Unglückliche, daß er, von einer plötzlichen Schwäche ergriffen, sich auf die nächste Bank setzen mußte.

»Es ist ganz natürlich – ein erster Ausgang – die Beine zittern einem noch ein wenig –« sagte Frau La Posterolle besorgt; und auf ein Zeichen Fagans, sich an seiner Seite niederzulassen antwortete die Pariserin mit einer kleinen Grimasse des Widerwillens: »Nein, ich danke, ich ziehe es vor zu stehen,« und sich auf ihren eleganten Schirm stützend, fuhr sie mit einem Wiegen des ganzen Körpers fort: »Also hören Sie. Wie Sie wissen, nahte der Augenblick, wo das Kind zur Verzweiflung der Mutter nach dem Gesetz in die brutalen Klauen des Mannes übergehen sollte. Plötzlich erscheint Hulin, der mehr als je verliebt war, bei seiner Frau – das war, als Sie in Korsika waren – und – ich wiederhole Ihnen ungefähr seine Worte: »Wenn Du mir gewährst, was ich wünsche, schiffe ich mich ein, und Du hörst nichts mehr von mir; ferner verzichte ich durch ein in Deinen Händen zurückgelassenes Dokument auf alle gesetzlichen Rechte über unser Kind.«

Fagan sprang auf. »Unsinn – ein solches Dokument ist völlig wertlos. Kein Tribunal der Welt –«

»Ich weiß, ich weiß – aber Frau Hulin wußte es nicht, ihr Mann wahrscheinlich auch nicht. Ich habe es von dem Rechtsanwalt Malwille – O! Da habe ich meine Quelle verraten, aber was tut es? Die Geschichte gewinnt dadurch nur an Glaubwürdigkeit. – Malville also sagte mir, daß diese Art von gütlichen Abmachungen unter den höheren Ständen sowie unter Bauern sehr häufig vorkämen, und daß in diesem Lande, wo jedermann die Gesetze zu kennen verpflichtet ist, sehr wenige auch nur das erste Wort davon wissen. Aber nun auf unsere Hulins zurückzukommen. Von dem Gedanken erschreckt, ihren Sohn hingeben zu müssen, willigte die Unglückliche in das, was der Mann von ihr verlangte, in die Ausübung seiner ehelichen Rechte für eine Nacht, und so opferte sie die Frau der Mutter. Es ist hart, aber gestehen Sie, daß die Einzelheiten dieser Nacht für die Kajuistiker interessant sein würden. Mag sein, daß sie vor dem Ehemann Abscheu empfunden; jetzt aber war er nicht mehr ihr Mann – getrennt von Bett und Tisch, lebte sie wie eine Witwe seit vier oder fünf Jahren – noch mehr, sie, war bereits in dem Alter, wo die Frauen unseres Landes die Liebe begreifen und sie nur dulden –«

O, Giftmischerin! Mit welcher Kunst sie ihr Gift destillierte, und wie sie die zerstörenden Wirkungen in dem gefurchten, bleichen Gesicht verfolgte, das jedem anderen Mitleid eingeflößt haben würde!

»Diese Nacht, sehen Sie, hat den wieder beglückten Mann auch so schön gedünkt, daß er, in Havre angekommen, nicht den Mut hatte, sich einzuschiffen, und lieber starb, als daß er dieses Glück ohne Morgen, wie es in seinem Brief an Malville hieß, überlebte.«

Fagan hatte sich erhoben und murmelte zwischen den Zähnen:

»Einerlei! Ein solcher Vertrauensbruch ist ein starkes Stück von diesem Malville.«

»Das ja,« sagte sie mit ihrem häßlichen Lachen. »Man braucht ihm nur Wagner vorzuspielen, und man hat ihn mit Haut und Haaren.«

Nachdem sie noch einige Schritte weit schweigend nebeneinander hergegangen waren, weckte sie ihn aus seinem Nachdenken: »Wir müssen uns jetzt trennen.« Sie nahm seine Hand. »Die Kleinen sind in der Nähe. Wollen Sie sie nicht sehen?«

Er schwankte, dann sagte er mürrisch:

»Nein – ein andermal.«

»Sehr wohl – auf baldiges Wiedersehen, mein lieber Fagan.«

Sie verließ ihn auf der belebten Straßenkreuzung und gewann in leichtem, munteren Schritt die Ecke des Boulevard Port Royal, wo ein großer, offener Landauer voll grellfarbiger Sonnenschirme ihrer harrte.

»Allein?« fragte Rosa, enttäuscht, ihren Vater nicht zu sehen.

»Tut nichts! Es ist alles abgemacht,« entgegnete Frau La Posterolle mit erzwungenem Lächeln, und indem sie die breite, einem Ballschläger ähnliche Hand des Fräuleins nahm, um aufzusteigen, fügte sie hinzu: »Ah, der brave Kerl, er grollt nicht – er unterzeichnet den Ehekontrakt, er kommt zur Hochzeit –«

»Und meine Mitgift,« fragte Ninette »ist davon die Rede gewesen?«

»Alles abgemacht. Aber das Beste ist, daß ich ihm die Heirat mit seiner Madame unmöglich gemacht zu haben glaube.«

Die Jüngere lachte unter ihrem Halbschleier hell auf: »Da sind wir also die Konkurrenz los –.« Und Rosa, die jetzt keinen Grund zur Eifersucht mehr hatte, murmelte, während sich der Wagen in Bewegung setzte und ihre lange Gestalt zusammenknickte:

»Armer Papa!«

Dieser schritt währenddessen über die grünen, blumengeschmückten Plätze, welche die untergehende Sonne mit einem Netz goldener Lichter überspann, dem Luxemburggarten zu, wo er Frau Hulin und ihren Knaben treffen sollte. Die Augen zu dem hohen Gitter des Gartens erhoben, dessen Eisenstäbe durch violette Schatten bis ins Unendliche verlängert schienen, dachte er im Gehen an die Freundin, welche ihn hinter dieser nur scheinbar so hoch hinausragenden Barriere, einem Bilde des sie trennenden Schicksals, erwartete. Er erklärte sich jetzt die Skrupel, welche die reizende und zartfühlende Pauline, die ihn, bevor sie frei war, zu lieben schien, bewogen, sich plötzlich zurückzuziehen, nachdem sie Witwe und Herrin ihres Willens geworden, Skrupel, die ohne Zweifel übertrieben waren, und welche er mit der Zeit und durch unermüdliche Liebe zu verstreuen hoffte.

Darüber wieder ganz heiter geworden, beschleunigte er seinen Schritt und atmete mit den empfänglichen Sinnen des eben Genesenen die milde Luft, die verschiedenen Wohlgerüche der Blumenbeete ein, welche der mit dem Geräusch von Quellen niederrieselnde Staubregen der Bewässerung erquickte. Aber dann fielen ihm wieder die Reden der Frau La Posterolle ein. Das Gift wirkte, schlich sich aus einer Ader in die andere. Eine Nacht, eine ganze Nacht im Arm dieses Mannes! Wahrlich, das mußte ein Opfer gewesen sein, da sie ihn, Fagan, liebte. Ja, sie liebte ihn, kein Zweifel. Indem sie sich also einem anderen hingegeben hatte, und zwar freiwillig, da der Mann, der tatsächlich seit Jahren nicht mehr ihr Gatte war, kein Recht mehr auf sie besaß, hatte sie gelogen, mit ihrem Herzen, mit ihrer ganzen Person.

Nicht mehr ihr Gatte! Wie hatte das nichtswürdige Weib es verstanden, ihn allein durch diese vier Worte, die sie ihm unter die Haut gespritzt, Leid zu bereiten. Nicht mehr ihr Gatte! Das hieß, nicht mehr der, den sie verabscheute, gegen den sich Herz und Fleisch in ihr empörte, ein Neuer, Fremder in diesem Bett strenger Witwenschaft und, wie Frau La Posterolle sagte, im Alter, wo die Frau –

O, diese großen, blauen Augen, halb geschlossen unter den Küssen eines anderen, diese weißen Schultern mit der reinen, kernigen Haut, gegen ihren Willen von einem Wollustschauer überlaufen – er mußte sich das immer und immer wieder vorstellen. Und Pauline wußte es sehr wohl; sie wußte, daß, wenn sie sich heirateten, diese Erinnerung sie beide verfolgen, ihr Glück beinträchtigen und beschmutzen würde. Ja, sie hatte recht, und er teilte jetzt alle ihre Skrupel. Allein er zögerte noch, sich mit seiner Freundin darüber auszusprechen. – Denn am Ende konnte dieses Gefühl in ihnen beiden eine Wandlung erfahren, sich im Laufe der Zeit bei fortgesetztem zärtlichen Verkehr mildern, ja, wer weiß, ob die Liebe an einem so schönen Lenztag wie diesem nicht sogar alles siegreich überwinden und auslöschen würde durch ein helles Auflodern ihrer heilenden und versöhnenden Flamme.

Unter diesen einander widerstreitenden Betrachtungen war er langsam an den Eingang des Luxemburg gelangt. Bevor er eintrat, drehte er sich und ballte die Faust gegen jene Alleen, durch deren dunkles Laub die schlanken und wollüstigen Gestalten Carpeaux' schimmerten, welche den Erdball in ihren erhabenen Armen halten und in ihrer Fünfzahl alle weibliche Hinterlist der Erde darstellen. »Gewürm,« grollte er, »Du verstehst Dich darauf, dem Manne das Blut auszusaugen –«

Eine kleine Hand, die sich in die seine stahl, zog ihn in den Garten, wie wenn seine Freundin auf der entfernten Bank, auf der sie faß, geahnt, was er litt, und ihm Moriz entgegengeschickt hätte, um ihn aus seinen schmerzlichen Betrachtungen zu reißen.

»Gott, wie bleich Sie sind!« sagte Frau Hulin, als er bei ihr anlangte, und indem sie ihn fragte, ob es ihm auch nicht kalt geworden sei, verriet ihre Stimme eine gewisse Besorgnis, jene instinktive Furcht des Weibes vor einer Gefahr, die man ihm verbirgt, und die es errät.

Was war es? Was hatte er erfahren, daß seine Züge in solchem Maße verzerrte?

»Wenn Sie sich einen Augenblick setzten – vielleicht ist es nur ein wenig Ermüdung?«

»Nein, gehen wir lieber. Mich verlangt es, Ihren Arm unter dem meinigen zu fühlen,«

Er bemerkte, daß sie zitterte, und ebenso befangen und unruhig war wie er. Sollte er trotz seines Entschlusses von vorhin die Sache sogleich und offen zur Sprache bringen, diese Ungewißheit, die ihnen das Herz bedrückte, zerstreuen? Während das Kind vor ihnen herlief, hatten sie mechanisch die Terasse zur Linken verfolgt, da die zur Rechten um diese Zeit von Spaziergängern der Musik wegen wimmelte, von welcher einzelne Töne durch das Laubwerk zu ihnen drangen, untermischt mit dem Geschrei der Kinder, dem Pfeifen der Schwalben, dem Toben und Tollen der Kleinen, die immer aufgeregter werden, je tiefer die Sonne sinkt. Der Spaziergang schien Fagan so süß in der Stille dieses Abends, die Frau an seiner Seite so frisch trotz ihres Trauergewandes, ihr Teint so zart wie der ihres Kindes, daß er nicht den Mut hatte, diese köstliche Harmonie zu stören, und sich damit begnügte, von seiner Zusammenkunft gerade nur das mitzuteilen, was die Heirat seiner Tochter betraf,

»Ah, meine Freundin, wie recht hatten Sie! – Welch ein Wagnis ist die Scheidung, und welch bizarre Verwicklungen bringt sie mit sich. Rosa wird sich in einigen Tagen verheiraten, und ihre Heirat vollzieht sich durchaus in ordnungsgemäßen Formen, aber da ihre Eltern geschieden sind, welch seltsames Schauspiel wird die Hochzeit darbieten –«

Er vergnügte sich damit, den Brautzug zu schildern, wie er als Vater, die Braut führend, an der Spitze ging, hinter ihm Frau La Posterolle, die Mutter, die aber nicht mehr den Namen der Tochter trug – endlich La Posterolle, der Mann der strikten Observanz, der ebenfalls im Zug mitging und sich durchaus an seinem Platz fühlte.

»Stellen Sie sich das vor, die unendliche Treppe der Madelaine hinansteigend und durch das große Portal in die Kirche ziehend, die von sämtlichen Kerzen erhellt und von den Fluten der Orgel durchbraust, diese Mißgesellschaft empfängt – ah, wenn Paris noch lachen könnte –«

Fagan lachte indessen nicht, er, der in seiner Vaterliebe verletzt war, seine Töchter endgültig verloren hatte. Als Pauline wieder dagegen zu protestieren und für sie einzutreten versuchte, glich ein schnelles Lächeln wie eine Grimasse über Regis Gesicht, und bis zu Tränen enttäuscht, sagte er:

»Nein, meine Freundin, Sie irren sich; meine Kinder, die das böse Weib an sich gerissen, gehören mir nicht mehr. Mein Rechtsanwalt hat es mir vorausgesagt. Es war die langsame Arbeit der Ameise, der Bohrmuschel, die nach und nach ihr Werk tut – und nun zu denken, daß ich bis an das Ende meines Lebens an diese Kreatur gebunden bin, daß sie mich nie mehr los läßt. Wir werden uns bei Ninettens Hochzeit, später, wann wir Großeltern sind, bei den Taufen wieder begegnen. Ich werde sie zur Mitpatin haben, Sie werden es sehen, und sie wird meine Enkel mich verabscheuen lehren, wie sie es meine Kinder gelehrt hat. – Ach, die Scheidung, dieses Zerreißen der ehelichen Bande, die ich als eine Befreiung bejubelte, Sie erinnern sich – über die ich so froh, auf die ich so stolz war –. Aber wenn man Kinder hat, ist sie keine Lösung.«

Frau Hulin schüttelte leise mit dem Kopfe.

»Mit Kindern ist die einfache Trennung nicht viel besser – sie ist nur eine scheinbare, eingebildete – das Kind bleibt immer eine Kette zwischen Vater und Mutter.«

Sie sagte das mit jener tiefen, schwermütigen Stimme, in der sie ihre schwersten Kümmernisse aussprach; denn ihr gewöhnlicher Ton war kristallhell und klar wie ihr ganzes Wesen.

»Was ist dann aber zu tun?« murmelte Fagan. Nach einem langen Schweigen, während dessen die letzten Takte eines Marsches aus Lohengrin verklangen, sprach er das Ergebnis ihres beiderseitigen stummen Nachdenkens aus:

»Ja, die Integrität der Ehe – darin liegt das ganze Glück – sich bei der Wahl seiner Gattin sagen zu können: »Wenn ich sterbe, werde ich mein Haupt an diese Schulter lehnen, diese Lippen werden mir die Augen schließen, und diese Schulter will ich weich und rein, diese Lippen frisch und nur für mich haben.« So habe ich die Ehe verstanden.«

Pauline seufzte traurig. Es war alles, wodurch sie ihre Zustimmung kundgab.

Sie waren die breite, abgerundete Terasse hinabgestiegen und irrten jetzt, fröstelnd bei dem rosigen Himmel und dem Bangen vor dem sinkenden Abend, um das große Bassin. Dieses Frösteln hatte sogar das Kind ergriffen, das nicht mehr lief, sondern sich in die schwarzen Gewänder der Mutter schmiegte.

»Wenn wir nach Hause gingen,« sagte sie nach einer Weile, »für einen ersten Ausgang sind Sie schon zu lange draußen,«

»Gut, gehen wir heim,« erwiderte Regis in demselben mutlosen Ton.

Als er am Ausgange im Gedränge der fortströmenden Menge sich nach einer Droschke umsah, bemerkte er plötzlich Frau La Posterolle und ihre Töchter, die sich ohne Zweifel bei der Musik verspätet hatten und nun ihren Wagen bestiegen. Die gesuchten Toiletten der Damen, die etwas auffallende Equipage, versammelten einige Neugierige um sich, woraus Rosa und Ninette sehr stolz zu sein schienen.

»Entfernen wir uns,« sagte Fagan leise zu seiner Begleiterin. – Seine Lieblinge, glänzend und geputzt, ganz in seiner Nähe zu haben und sie nicht umarmen zu können, verursachte ihm zu viel Herzeleid. Er war ein Opfer der Scheidung, der arme Mann, der seine Töchter, deren Mutter, seine eigentliche Familie, in dem Wagen unter Lachen und Scherzen und dem Wehen heller Bänder rasch davon fahren sah, während er, unschlüssig und schwankend auf dein Trottoir neben dieser Frau und diesem Kinde stehen blieb, deren tiefe Trauer, an der er teilnahm, ohne sie' äußerlich zu teilen, deutlich genug sagte, wie sehr sie einander fremd waren und es voraussichtlich bleiben würden.

Über tredition

Eigenes Buch veröffentlichen

tredition wurde 2006 in Hamburg gegründet und hat seither mehrere tausend Buchtitel veröffentlicht. Autoren veröffentlichen in wenigen leichten Schritten gedruckte Bücher, e-Books und audio-Books. tredition hat das Ziel, die beste und fairste Veröffentlichungsmöglichkeit für Autoren zu bieten.

tredition wurde mit der Erkenntnis gegründet, dass nur etwa jedes 200. bei Verlagen eingereichte Manuskript veröffentlicht wird. Dabei hat jedes Buch seinen Markt, also seine Leser. tredition sorgt dafür, dass für jedes Buch die Leserschaft auch erreicht wird.

Im einzigartigen Literatur-Netzwerk von tredition bieten zahlreiche Literatur-Partner (das sind Lektoren, Übersetzer, Hörbuchsprecher und Illustratoren) ihre Dienstleistung an, um Manuskripte zu verbessern oder die Vielfalt zu erhöhen. Autoren vereinbaren direkt mit den Literatur-Partnern die Konditionen ihrer Zusammenarbeit und partizipieren gemeinsam am Erfolg des Buches.

Das gesamte Verlagsprogramm von tredition ist bei allen stationären Buchhandlungen und Online-Buchhändlern wie z. B. Amazon erhältlich. e-Books stehen bei den führenden Online-Portalen (z. B. iBookstore von Apple oder Kindle von Amazon) zum Verkauf.

Einfach leicht ein Buch veröffentlichen: **www.tredition.de**

Eigene Buchreihe oder eigenen Verlag gründen

Seit 2009 bietet tredition sein Verlagskonzept auch als sogenanntes "White-Label" an. Das bedeutet, dass andere Unternehmen, Institutionen und Personen risikofrei und unkompliziert selbst zum Herausgeber von Büchern und Buchreihen unter eigener Marke werden können. tredition übernimmt dabei das komplette Herstellungs- und Distributionsrisiko.

Zahlreiche Zeitschriften-, Zeitungs- und Buchverlage, Universitäten, Forschungseinrichtungen u.v.m. nutzen diese Dienstleistung von tredition, um unter eigener Marke ohne Risiko Bücher zu verlegen.

Alle Informationen im Internet: **www.tredition.de/fuer-verlage**

tredition wurde mit mehreren Innovationspreisen ausgezeichnet, u. a. mit dem Webfuture Award und dem Innovationspreis der Buch Digitale.

tredition ist Mitglied im Börsenverein des Deutschen Buchhandels.

Dieses Werk elektronisch lesen

Dieses Werk ist Teil der Gutenberg-DE Edition DVD. Diese enthält das komplette Archiv des Projekt Gutenberg-DE. Die DVD ist im Internet erhältlich auf **http://gutenbergshop.abc.de**